Stücke 6

Franz Xaver Kroetz

Bauern sterben

Bauern sterben
Der Weihnachtstod
Weitere Aussichten ...

Stücke 6

Rotbuch Verlag

Die Deutsche Bibliothek - CIP-Einheitsaufnahme

Kroetz, Franz Xaver:
Stücke / Franz Xaver Kroetz. - Hamburg : Rotbuch Verlag
6. Bauern sterben [u.a.]. - 1999
(Rotbuch-Taschenbuch ; 1082)
ISBN 3-434-54504-2

© für die Buchausgabe: Europäische Verlagsanstalt/Rotbuch Verlag,
Hamburg 1999
Aufführungsrechte: Kroetz-Dramatik, München
Herstellung: Das Herstellungsbüro, Hamburg
Satz: H & G Herstellung, Hamburg
Druck und Bindung: Druckerei Wagner, Nördlingen
Printed in Germany 1999
Alle Rechte vorbehalten
ISBN 3-434-54504-2

Inhalt

Bauern sterben

Dramatisches Fragment

Personen

ALTER KOMÖDIANT
JUNGER KOMÖDIANT
KOMÖDIANTIN
DER VATER
DIE MUTTER
DIE GROSSMUTTER
DER SOHN
DIE TOCHTER
BAUER
EILIGER
MENSCHIN
FRAU MIT KIND
KUNDE

Zur Sprache, zum Dialekt:
In »Bauern sterben« werden zwei Sprachen behauptet: ein Dialekt und eine – angenommene, aufgezwungene, uneigentliche – Hochsprache. Diese beiden Sprachen wechseln, meistens hart und übergangslos. (Daß Übergänge existieren, wird damit nicht in Abrede gestellt.) Beispiel: Der Tod – hat mir – seine Exkremente hinein – gedrückt ... und zwei Minuten später: Hasch mi woll liab?
Die Gegenüberstellung zeigt, daß beide Sprachen Behauptungen, auch Erfindungen sind, nicht abgeschriebene oder beobachtete linguistische Dokumentation. Ohne Konzept, *wie* man die beiden Sprachen und ihre Ebenen darstellen will, kann man dieses Stück nicht aufführen.
Es scheint mir auch mehr ein geistig-gestalterisches Problem zu sein als eines, das die Frage aufwirft: Wie viele Süddeutsche haben wir im Ensemble?

Zum Aufführungsstil:
Große, grobe Darstellungsformen, auch naive, wären wünschenswert. Das Stück spielt irgendwo zwischen Landshut und Kalkutta.
Das *Vorspiel* ist eigentlich nur zur Verständigung unter den Theaterleuten gedacht.
Das Stück will das Schicksal von Flüchtlingen darstellen, die es zu Abermillionen gibt und die doch in keiner Flüchtlingsstatistik auftauchen, weil sie nicht Landesgrenzen, sondern ihre eigenen überqueren. Aus Pionieren werden Opfer.

Vorspiel

In einem großen Raum sind die Toten einer langen Nacht in einer großen Stadt angeschwemmt worden. Für ihre letzten Auftritte bekommen sie ein liebenswürdiges Aussehen.

ALTER KOMÖDIANT Diese Leiche ist Ihre bisher schönste, weil sie schaut so lebendig aus. So müssen alle Ihre Leichen ausschauen, sagte der Intendant, wenn Sie bei mir alt werden wollen. Wir zeigen den Zuschauern das wahre Gesicht des Verstorbenen. Wir zeigen ihn so, wie er gern gewesen wäre, hätte ihm nicht das Leben im Weg gestanden. Jetzt hat er keine Bedürfnisse mehr und kann groß, unbeugsam, edel und gerecht sein; sogar unbestechlich und ohne Angst. Wir zeigen ihn, wie er nicht sein konnte, solange er war. Jetzt IST er. Jetzt erfüllen wir ihm seinen letzten Wunsch. Dazu ist notwendig, daß wir all unsere erlernte Kunst aufwenden. Wir tilgen die Spuren, die zu tief waren, wir erwähnen die Leidenschaften, aber positiv, wir berichten von den Kämpfen, abgewogen, aber siegreich. Wir malen nicht gold in gold. Wir unterschlagen nichts, aber wir verteilen anders. Die Proportion ist das Geheimnis. Auch wenn sie vor Hunger ohnmächtig wurden, vor Angst in die Hose schissen, sich gebeugten Haupts schlagen ließen, jede Nacht vor Scham über die verlorene Ehre das Kissen naß machten, auf allen vieren zu ihren Quälern krochen und ihnen den Arsch wedelnd hinhielten. *(Er verschnauft deutlich, der lange Satz ermüdet ihn.)* – Auch wenn sie sich täglich verkauften unter jedem Preis und sich aus Verzweiflung die Nägel von den Fingern fraßen: Jetzt ist alles überstanden und sie schlummern friedlich neben uns. Bei uns, na klar. Alle, die sie ein Leben lang niedergeknetet haben, die können sie jetzt kreuzweise. Und genau das müssen wir ausdrücken. Wir wischen ihnen den Hintern aus, geben ihnen eine Haltung, malen sie an und betten sie in ihre Kiste. Auf dem Weg zur Verwesung sollen sie keine blauen Flecken kriegen. Unsere Kunst ist wichtig, denn wir geben dem Leben seine Wahrheit und seine Schönheit zurück. Den würdelosen

Verhältnissen sind sie entwachsen, der Tod stellt alles wieder an seinen Platz. Kunst muß man sehen, faßte der Intendant seine Wünsche zu Spielzeitbeginn zusammen. Wir gingen an die Arbeit, mit all unserer Phantasie, unseren Wünschen und Erfahrungen. Das Publikum war jahrelang mit uns zufrieden. Die Mächtigen beklatschten schenkelschlagend unsere Darstellung ihrer Opfer. Die Lehrer holten sich Anregung für den Unterricht. Sogar Ärzte und Richter gaben freimütig zu, daß wir ihre Kenntnis vom Menschen erweitert hätten. Nur wenige erkannten sich wieder, meist Hausfrauen, die sich mit allem identifizieren. Die sensiblen Reichen verspürten den unwiderstehlichen Drang, sich in den Ärmsten wiederzuerkennen, und die Armen dürstete nach dem Schicksal der großen Mörder. Alle waren zufrieden. Da wechselte zuerst die Regierung, dann die Intendanz. Plötzlich hieß es, wir hätten über das Ziel hinausgeschossen. Unsere Kunst hätte die Zuschauer zusehends schockiert. Sie hätten ihre nächsten Angehörigen nicht mehr erkannt. Pfarrer, Ärzte und Staatsanwälte ließen sich mit der Vermutung vernehmen, unsere Leichen seien überhaupt nicht tot. Einige wurden vorübergehend verhaftet mit der Begründung, sie trügen einen Gesichtsausdruck, der im Grundgesetz nicht vorgesehen sei. Damit hätten wir das Theater an den Rand der Legalität getrieben. Deshalb müßten wir unsere Arbeit beenden. Unser Publikum empfände unsere Leistung als Zumutung. Von unseren Leichen gehe ein Leben aus, das unappetitlich sei. Die Revolution marschiere auf literarischen Füßen. Andere, Besonnene, rieten zur Mäßigung der Töne. Die Fanfare des Angriffs ehre das Häuflein Angegriffener zu sehr. Eine freie Gesellschaft schließe weder ihre Theater noch ihre Leichenhäuser. Und Arbeit gäbe es auch genug. Unsere Verträge liefen aus und wurden stillschweigend nicht verlängert. Wir müssen gehen. Aber wohin? Wohin gehst du?

JUNGER KOMÖDIANT Theater ists und nur Theater! Die Gage wurd ihm nie gekürzt, und arbeitslos war er in seinem langen Leben keine drei Jahre lang. Einbildung, hirnverbrannte. Verschwörung! Da ist dein Publikum und dort bist du. Die Rampe ist dazwischen, sonst nichts. Gar nichts. Schau hin, du alter Narr, ist was dazwischen? Eine Zensur, ein Staatsanwalt, ein »Halt, so nicht!« – Es ruft der Fink, es schlägt die Wachtel ... Theatertunte, alte Schachtel!

ALTER KOMÖDIANT *(schreit verzweifelt)* Die Kündigung!

JUNGER KOMÖDIANT Na und? Verzehr die Rente, greiser Hamlet, und danke Gott, daß die Arthrosen dich noch tragen und Blutgerinnsel deine Brust zusammenhalten, da deine Rippen morsch wie alte Taue sind.

ALTER KOMÖDIANT Du neidzerfressenes Milchgesicht, dich seh ich früher hier auf einer Bahre liegen, als mich die Würmer fressen. Dich sehe ich in Blut und Scheiße, und mich aufrecht neben deinem toten Mund, der keinen Dichter mehr beglückt!

JUNGER KOMÖDIANT Ja wärs nur so! Wärs so! Ich überließe gern der Dichter blödes Faseln deiner Prothese. Mit gelbem Speichel nässe du so lang du willst furztrockenes Papiergeschwätz und kaue es zu kleinen Klumpen und spuck es millimeterweit in eine große Welt. Ob dir der Ausfluß Unterhosen färbt oder dein künstlicher Gaumen Dichterbreichen schlürft, du bist und bleibst die Hure einer Hure, Dichtertunte! Ich aber duld es nimmer. Nein und wieder nein. Ewig und ewig diese Knabenschritte, wie ein Gekerkerter, diese kurzen vorgemessenen Schritte jeden Abend; ich duld es nimmer. Ists Künstlerlos? Schauspielerlos? Ists meines? – Nein, ich trag es nicht mehr, ich will den Plastiklorbeer nicht, ich will den echten. Applaus stillt meinen Hunger nicht. Gefahren, echte, zeugen Männerkraft. Ich geb mein Künstlerlos für ein lebendiges. Was bin ich meinem Land? Ist es das meine? Bin ich sein? Ein siecher Säugling, welchen mit tränendem, hoffnungslosem Blicke das Theater an seinem geduldgen Busen schaukelt. Ich will hier raus! Ich will endlich einen echten Rausch und eine echte Fotze, und wenn ich sterben soll, dann von der Mafia Hand und nicht der Sehnsucht Palmenwedel. Die Literatur, die lecke mich am Arsch, der Intendant und die Souffleuse auch! Ich will kein »Kannst du deinen Text«, kein »Auch schon da?« und kein »Noch mal das Ganze« hören. Ich will mir nicht mehr das Haar raufen vor der Windmaschine, ich will Propeller, in die ich laufen kann, und ich will mir das Licht nicht mehr suchen müssen von einem Halbkw, ich will die Sonne. Beim grauen Theater!

Nimmer genieß ich dein, du Scheißhaus, und wenn du noch so lockst, bis mir draußen was Echtes gelungen ist. Ich will aufs Titelblatt und nicht ins Feuilleton. *(Kleine Pause)* Der Schwur ist groß. Das Hirn ist klein. Es zeugt der Vorsatz mir im Aug die Träne – oh tut das wohl, oh tut das gut. Die wein doch ich. Ich weine die um mich. Das ist die meine, schaut doch her, die habe ich um MICH geweint und nicht, weil ich in irgendeiner Scheißrolle weinen muß. Mamma mia, das sind Tränen, groß und fett wie Pflaumen! Das sind meine Tränen, für mich, hosianna. Wenn das kein guter Anfang ist, der Ausbruch aus den grauen Mauern rückt doch greifbar in die Nähe so. Oh Menschenglück, oh eigen Fleisch, du rinnst von eignem Saft. Mehr, mehr. Mehr. *(Es ist zu Ende, er auch.)*

ALTER KOMÖDIANT *(besorgt)* Wir könnten dich vielleicht als Gepäckträger am Hauptbahnhof unterbringen, *(entschuldigend)* vorübergehend, *(lauter)* bis unsere Segel sich wieder im Winde blähen.

JUNGER KOMÖDIANT *(vernichtet)* Es gibt keine Gepäckträger mehr am Hauptbahnhof. Es gibt nur noch Gepäckwägelchen! *(Kleine Pause, abgehend)* Wä-gel-chen!

ALTER KOMÖDIANT Ach so. Das muß mir bei meinem letzten Aufenthalt draußen entgangen sein. Ich studierte die Fahrpläne nach Florenz und Pisa. Sehr schön! *(Er entschwebt beflügelt.)*

KOMÖDIANTIN Des isa ois a Schmarrn. Man muß realistisch sein und darf die Träume nicht vergessen. Des is für mich das Geheimnis von der Kunst. Auch der Künstler muß dafür sorgen, daß ihm das Leben nicht zu kurz kommt. Des is doch logisch. Ja, nur wer lebt, hat was zum Träumen. Logo! Ich war in meinem Traum an einem großen Tisch. Dort bewirteten mich Hundemenschen, oben Mensch und unten Hund. Die hatten gekocht, und ich hatte meinen Teller noch nicht leer, schon kam auf leisen Pfoten ein Wirt, und klatsch, bekam ich was nach. Nach dem Essen erzählte ich ihnen meine Story. Ich hab mich nicht aufgedrängt. Die waren echt neugierig. Ich sagte ihnen, daß ich mich – anfangs – töricht herumgetrieben hätte, wie das blöde Huhn, das von der Hühnerleiter fällt und nicht mehr weiß, wo es in den Stall geht. Ich breitete mich in einigen Wohngemeinschaften aus, und die in mir. Ich suchte, ich wanderte, vergebens, wie man sich denken kann. Ich ging ein Vierteljahr nach Indien, und als mir das Geld ausging, auf die Kanarischen Inseln, die sind zwar teurer, aber da gibt es mehr Touristen. Ich habe sorglos in den Tag hinein gelebt. Dennoch genügte mir das nicht. Da war etwas in mir, das wußte ich, das muß raus. Raus muß das! Goldene Küsten und so, das ist ja ganz schön, aber das reicht nicht. Und indes ich mich hinaufsehnte in eine dämmernde Unendlichkeit – wo das fremde Gestad einen umfängt mit der bläulichen Woge –, kommst du vollkommen verblödet herunter von des Fruchtbaums blühendem Wipfel. Und irgendwann schnakkelt es, und du sagst dir: Jede blöde Kuh, die einigermaßen aussieht, wird Schauspielerin. Warum ich nicht? Tja, und dann bin ich am Max Reinhardt Seminar in Wien durchgefallen und an der Falckenberg Schule auch, aber das hat mich überhaupt nicht irritiert. Ich hab gewußt, ich werd Schauspielerin. Und dann hab ich eben doch Privatunterricht genommen, auch wenn alle sagen, daß das Scheiße ist, ich hab doch Privatunterricht genommen. Was hätt ich denn anderes tun sollen? Ach was, das hab ich überhaupt nicht bereut, man kann über die Privatschulen sagen, was man will: Klar, da gibts welche, die müßten vom Gewerbeaufsichtsamt geschlossen werden, aber es gibt auch ein paar gute. Ich war bei Iphigenie und Company, das hat mich an Sylvia Beach in Paris erinnert, die so einen Laden hatte, eine Buchhandlung, die Shakespeare und Co. oder so ähnlich hieß, und in der sind damals die irrsten Typen verkehrt, Hemingway, Gertrude Stein, Scott Fitzgerald und natürlich Joyce. Ja, blöd bin ich nicht, Reisen bildet und Bumsen auch, man lernt Land und Leute kennen. Ja, und jetzt bin ich hier, und das sind jetzt die heiligen Hallen für mich, und die Kündigung hat mich echt umgehauen. Anfangs. Aber nicht bloß die Kündigung, sondern das Kantinengefasel: Der hätt ich auch gekündigt, die hätt ich überhaupt nie engagiert, die würde in meinem Theater nicht mal die Mäntel aufhängen. Is ja bekannt: die lieben Kollegen! Das kann einen ganz schön runterbringen. Aber mich nicht. Ich bin nicht die Duse, das weiß ich, aber ich kann in jedem vernünftigen Stück, in dem ein paar vernünftige Frauenrollen drin sind, besetzt werden. Und nicht zum Nachteil der Aufführung. Dafür gibt es

Beweise. *(Kleine Pause, deutlich)* Und wenn alle Stricke reißen, kann ich mich in einen Affen verwandeln, der zwölf kleine Äffchen gebiert. Und das glaubwürdig vom ersten bis zum letzten Augenblick. Das ist vielleicht eindrucksvoller, als wenn irgendein Fritzchen durch den Don Carlos stolpert. Und Theater oder Zirkus, das ist mir wirklich scheißegal. Ich will mich ausleben, und das kann ich überall dort, wo ich wen find, der mir zuschaut. Ich brauch die nicht, wenn, brauchen die mich. Weil ich find was, entweder nimmt mich der Krone, oder ich geh in die Staatsoper als Statistin. Aber klein kriegen die mich nicht. *(Will gehen)* Ach ja, der Traum, also ich hab erzählt und erzählt, und alle haben sich halb tot gelacht, und es war alles irrsinnig happy. Und dann ist irgendeiner von diesen Hundemenschen in eine Glasscheibe getreten und hat sich die ganze Pfote aufgeschnitten und geblutet wie eine Sau. Und die Stimmung war natürlich im Arsch. Klar. He, wartet auf mich, ihr sollts gefälligst warten.

I
Heimat in der Kuchl

SOHN *(verzweifelt)* Mia brachan a Wassaleiding, ohne a Wassaleiding gäds nirgands mea. A Wassaleiding hoda jeda. Mia brachan a neichs Doch, ohne a neichs Doch gäds nirgands mea. A neichs Doch hoda jeda. Mia brachan an richtign Schdrom fia richtige Maschina. Ohne richtige Maschina gäds nirgands mea. *(Sehr laut)* Mia brachan a Heizing, mia brachan an Delefon und a Auddo brachma aa. Und umstein miaßma von da Milli afd Buinmast, aufd Buinmast. Mastviech! Nachad hamma Zeid fias Lem wia de andan aa. Umschdein, modernisian, ändan! Fuadan und aus, abschbrizn und aus! Oamoi am Dog und firti. Und aus is midm Rabs und de Kaffdoffein und am Hawan und am Woaz und am Glä und de Ruabn. *(Wild)* An Mais wuie seng, bloßno an Mais. Mastfuada zin Mastviech. Abschbrizn, und eifuadan, midm Dragdor und firti. *(Leiser)* Und a Wei kriagadi nachad aa, wenn umgsteid werat und modernisird weis gern kamat des Wei, a jäde, wenns sigd: Im Schdoi hoda umgschdeid, ois is dodal modernisird! Gärn kammat de wenns sigd, daß an Schdrom und as Wassa heanemma ko, wias ihra grod baßd. Und in Schdoi muaß ned eine ois Wei. Koa Schoiarbad dengdsese und gfreitse. De sizd do und hods sche. Und wenns ihra zkoid werd, nachad reibts de Heizing af und die Wirm is do. *(Schreit)* A Wei deswo no in Schdoi eine gäd, de finde ned, weis de nimma gibd. De wui heraußn bleim und zuaschaung, wiri alloa mid zwoamoi zwoa Schdund am Dog firti mach. Olle bor Monat kimd da Mezga midm Hänga und aufglon werd, wos iwa zweif Zentna hod. Zentna furt Geld hea. Und sovui Geid is do, daßman Pfenning ned umdrahn muaß und de Marg aa ned. Und nachad wascha me jedn Dog und schmia mi ei und riach wia olle andan aa. Wei modernisiad is, weis aus is midda Millibandscharei und da Meggleschdreidarei, weis aus is mid de finf schdingadn Sai und de godvareggdn Henna und an Vatan seine Hasn und aus is mid da Koimaaufzuchd de wo da Deife gseng hod. *(Betteln)* Umschdein miaßma, umschdein af Buinmast, de Mast macht an Bauan fed und geide. Wos Bullerl frißd fari erm midm Dragdor vors Mai und wos scheißd auf sein Rost schbriz i erm blank in zehn Sekundn. Mastviech und Mastfuada, Fleisch und Geid. Und da Mensch is frei, weia Zeid hod! Ausis midm fluacha und schwizn. Und as Wei mog des, und da Mensch aa. Jeda mog des, *(hochdeutsch)* weil es ist schön. Weil es ist: sehr schön! *(Pause, er schnauft tief und fällt in sich zusammen.)*

VATER Solang i leb werd nix umgschdeid. Nixe. Es bleibd ois wias ezan is und wias oiwei war. Wei as Milligeid des is des wos da Baua sicha hod, und wenna des auslaßd nachad vareggd a.

SOHN *(bittend)* Ned vareggd a, ned vareggd a. Lem duada, lem.

VATER Varegga soge, varegga. Und ghern duad ois no mei. Ois is no mei. Mei is ois no! Wei wos du frißd kummd aus meim Della und wos du scheißd lafd in mei Odlgruam. Ois gherd no mei. As Milligeid und da Fernsäa aa.

SOHN Wuisd daße grebia unta deine Kia.

VATER Meine Kia, mei Schdoi, mei Fernsäa.

SOHN As Gnag briche eich, dia und deine Kia aa.

VATER Wern amoi de deinign aa sei. Awa ez no ned. I iwagib no ned, no ned! *(Listig)* Und wenne amoi iwagib, nachad machmas nodarisch, daß de Millikia bleim, daß bleim wia as Milligeid und wia meine Hasn aa. Daß ois, ois aso bleibd, wias etzan is.

SOHN Nix bleibd wias is, weie gä!

VATER Du gäsd ned, du gäsd nia, weie di ned laß. Du gheasd aa mei, wia meine Kia und da Fernsäa aa.

SOHN *(brüllt)* I ghea mia.

VATER Mei ghärsd, ois is no mei, du und da Fernsäa aa.

MUTTER *(verzweifelt)* Woandas werd garbad und bei ins werd bloßno gschriddn und graffd. Is koa Seng mea af insam Dochfirscht! Werd bloßno gschriddn und graffd in dem Haus!

TOCHTER Bliatsd scho wida Vattan.

MUTTER Bliatsd scho wida.

VATER Oiwei no de Bingein, des han bloß de Bingein, de wern ned kloaner. De han do und bliatn, awa des duad ma nixe.

MUTTER Freile duads ebbs, wosd ollawei de Hemda duachbliatsd. Bluadfleg han Schandfleg.

VATER Bliati ebn. Du hosd Zeid zin waschn, i hob Zeit zin bliatn. Wenns außa bliat isma leichta, na isma guad. Saggrisch guad.

SOHN *(schreit)* Awa an rodn Schlei hod unsa Milli, weisd einibliatst, weisd ned afbaßd. Wenns aso weida gäd, nachad nimmt ins da Meggle de Milli nimma ob, wenns no roda werd insa Milli.

VATER Mei Milli is weiß wia da Schnä.

SOHN An rodn Schlei hods wias Bluad.

VATER I hob nia nix gseng.

SOHN Awa i! I fahr de rode Milli zum Meggle und muaß schwizn dafia.

VATER Er schwizd! Schwizd Bluad in mei Milli! *(Sanfter)* Mei Milli, mei Bluad, mei Bua. *(Sanft)* Mei Bua.

TOCHTER Laßdas außa schneidn, de Bingein, Vatta.

MUTTER Laßdas außa schneidn.

TOCHTER Wersd seng, Vatta, nachad isda leichda. Wenss weg han.

VATER De druggi zam wia a taube Nuß, de danma nixe, de hanma grod recht zum drugga.

MUTTER Awa da Fernsäa is aso laud, daßmas eigane Word ned vaschded, daßma de Kia ned blärrn head, de wo schrein weis ned gmoika wern und ned gfuadad, weis es bloß schdreidn dads und koana epps arbad und i de oanzige bin, wo wirgle epps duad. Und schdinga duads do herinna, aso schdinga duads do herinna in meina Kuchl wenns eß do seids.

TOCHTER Schaug Vattan sogor as Pflasta hosd bliati gmacht. Schaug obe an deina.

VATER *(starrt stolz in die Höhe)*

SOHN Oweschaung soisd!

MUTTER Schaug obi, wosd fia a Lagga gmachd hods.

VATER Is ned de meinige Lagga, is ned de mei. Bin nianed gschdandn af dem Fleg do wos bliate is.

MUTTER Ois is voi Bluad, da ganze Kuchlbodn is bliate, ois wennas Bluad außaschwizn miaßad. Ois voi! Schdeigds ned eine, drogdses ned umananda, i muaß wieda buzn und koana huifd ma.

TOCHTER I huif da, oiwei huifida.

MUTTER Na buz, na buz und red ned.

VATER De soi kocha. Du kosd buzn, sie soi kocha. Mi hungad!

MUTTER Moing gibds wida ebbs zum essn. Moing. Heid nimma!

VATER I hob ned gnua, nix hobe kriagd, nixe, wo ois no mei ghead. Woits mi vahungan lassn, daße ausm Weg grammt bin! *(Schreit)* Hunga!

TOCHTER Nix mea do, nix mea do, ois zamgfressn!

VATER *(schreit)* Huunga!

TOCHTER As Feia is scho ausganga. Moing machi wieda oans, wenn oana a Hoiz bringd.

SOHN Oiwei bringi a Hoiz.

VATER Awa aus meim Woid. Hunga!

TOCHTER Heid nimma.

VATER Aso fett wias is des Luada, so weni kochts. *(Schreit)* Mi hungad!

MUTTER Schdeigds ned ins Bluad eine, buzdses zam. Des muaßma zambuzn, daß ned eidrigned, nachad gäds nimma weg. De Mam sois zambuzn, de Mam hod Zeid, de Mam soi ned fernsäng, sondan buzn, ois sois buzn, imma sois buzn. Buzn soisd, oide Häx, buzn!

TOCHTER Buz, Großmuadda, buz! *(Die Großmutter rührt sich nicht.)* Kosd ned hean? Schdinga duads. De schdingd daßma umfoin kannt, aso schdingd de.

VATER Weis an oide Sau is, an oide, de war imma scho an oide Sau.

TOCHTER Weis Wirm hod, de hod Wirm. Grod wurln duads in iram Bauch. *(Sie stößt die Großmutter an, diese fällt steif zu Boden.)*

(Große Pause)

MUTTER *(leise)* Machts an Fernsäa aus, wenn koana mea zuaschaugd.

VATER Ja machts erm aus, den Scheißkastn, schbards de Badderie, daßa gäd, wenni schaung wui.

TOCHTER *(will der Großmutter die Fernbedienung aus der Hand nehmen, aber diese gibt sie nicht her, weil sie zu steif ist.)* Se laßd ned aus, auslassn soisd. Werstas heagem, kosd ned hean.

SOHN Laßts ihra hoid de Fernbedinung, wos ihra Freid gwen is, laßdses ihra midnemma ins Baradis.

VATER Awa da Fernsäa kerd mei. I nimm de Fernbedinung mid ins Baradies. *(Er reißt sie ihr weg.)* Mia hodses gem. I hobs! Etz ghärd ois wida mei. Ois. De hobe iwalebd! Jung und oid, groß und kloa, ois mei. Bluad und Milli, Viech und Mensch, ois mei. *(Er schaltet genußvoll den Fernseher aus.)*

II

Die Großmutter nackt auf dem Küchentisch. Sie wird von der Mutter und der Tochter gewaschen, rasiert und kriegt die Nägel geschnitten; gekämmt zum Schluß. Das dauert sehr lang und ist sehr still. Dann hat die Tochter eine Krümmung, einen kleinen erschreckten Laut, sie greift zwischen sich; hinhocken kurz. Sie hat einen Abortus. Sie verliert es einfach. Die Tochter schaut, ob es die Mutter gesehen hat. Die hat nichts gesehen.

TOCHTER Gegrüßet seist du, Maria, voll der Gnade, der Herr ist mit dir, du bist gebenedeit unter den Weibern, und gebenedeit ist die Frucht deines Leibes, Jesus.

TOCHTER UND MUTTER Heilige Maria, Mutter Gottes, bitte für uns Sünder jetzt und in der Stunde unseres Todes, Amen.

TOCHTER Gäsd do eini, do is warm und guad. Werstas scho seng. Von oam Bauch in andan. Des is sche. Werstas seng, wosida sog. Brachst gorned afd Weld, bleibta daschbart da Umweg, und du versamst nix. Kosdmas glam. In de Baich is bessa ois wia do haraußn. Do haraußn is koid, daßd dafrärst. Glabmas. Und i kodi ned braucha. Mid dia kannti ned dahoam bleim und furt von dahoam kone aa ned mid dia. Und liawa dot ois wia fir imma dahoam bleim, des muaßt scho vaschde. Awa du kimmst oafach, wosd ned gfrogd und ned gruafa bisd. Des hädsda vorhea iwaleng miaßn. Ma gäd ned wo eine, wo koana herein gsogd hod. Des muaßd scho vaschde, und du vasamst nix. Glabmas. *(Die Tochter hebt es auf, putzt zusammen; sie hält es, putzt es ab und steckt es vorsichtig in den von Würmern geöffneten Bauch der Großmutter. Sie wäscht die Tote langsam weiter.)*

III

Es ist Nacht, ein frischer Grabhügel, ein Kreuz mit Jesus, leicht schwankend der Vater. Wartend die anderen.

VATER Wer isan da Nägste? Mia kostas scho song. I varots ned. Mia zwoa, mia hoitn zam, gei? I stirb no lang ned. Zerscht kumman olle andan dro. Des muaßta merka! Nachad keman mia guad aus. *(Pause)* Schaug mi ned aso a! Ois is no mei, und du schdehst aa auf meim Grund und Bodn, des muaßta oiwei vor Aung hoitn! Host an Glusta auf mi, ha? Derfstas scho song! Mit dia weri no ollawei firti.

SOHN *(schreit)* Loß an Hergod schdeh, Vatta!

VATER Wenn eam wos ned baßt, nachad soias mia seiba song!

SOHN I sog das.

VATER Du soist nicht redn sondan schweign. Er soi mit mia redn, wenna se traut. Gei Hergod, i binda ollawei no da liabste. Sogs eam, daßase auskennt!

MUTTER Etz gä hoit zua, Vatta! De Mam is unta da Erdn und mia miaßn hoam.

VATER I hob an Durscht, oba i mog koan Essig saufa. *(Zu Jesus)* Vaschdest mi scho, *(lacht)* i gib a Hoibe aus.

TOCHTER Etz gemma hoam, mia is schlecht.

VATER Ge hea, fia wos hodma an Vatta. Gäds olle hea, mia is aso koid. *(Sie beten lange.)*

TOCHTER Gemma hoam.

MUTTER Jo, gemma hoam, de Mam is unta da Erdn. Loßma ihr ira Ruah, se hods vadeant.

VATER Schdad, i hea wos. *(Er horcht.)* De ruaft ma. De schreit nach meiner. Wos isn Muada, feita ebs? Helfts ma, se schreit ma. *(Zum Sohn)* Du aa. Olle soids ma heifa. *(Er gräbt in der Erde, zum Jesus:)* Du soist ma aa heifa, dia schreits aa, kosd ned hean, und ohne di gäi ned, du kennst di aus drent, laßme ned im Stich, i sogsda im Guadn! Oba, oda i hoidi. *(Er reißt an dem Kreuz, das abbricht.)*

SOHN *(entreißt den Gekreuzigten dem Vater)*

VATER Des woidi ned, des duad ma leid. *(Er beginnt wieder zu buddeln wie ein Maulwurf.)* I kimm scho Muada, i kimm. *(Zu den andern)* I wui do obe, do eine muaße. De Muada schreit ma. I kimm scho Muada, i kimm.

SOHN Etz gäi aba wirkle.

TOCHTER Nimmst mi mid?

MUTTER *(schreit)* Du bleibst, host denn gor koa Heaz fia dei Muada!

TOCHTER Nimm mi mid!

MUTTER *(schreit)* Hoid de Kinda af, loß ned furt.

VATER I muaß do eine. Se schreit noch meiner.

MUTTER I bin doch dei Muada, des weada no leid doa, wenni unta da Erdn lieg.

VATER Hiuf ma. *(Er zieht sie zu sich herunter.)* Zu zwoat gäds leichta.

SOHN Weida, weida.

(Mutter schreit hysterisch, die Tochter reißt sich los, springt auf den Traktor, mit dem Sohn und Tochter und der Gekreuzigte in die Nacht fahren. Zurück bleiben zwei alte grabende Gestalten, die sich langsam in Gerippe verwandeln und in das Grab sinken.)

IV

Ein Wald und ein tobsüchtiger Bauer. Die Geschwister kommen mit dem Traktor, sie können nicht weiter.

BAUER *(tobsüchtig mit einem Gewehr herumfuchtelnd)* Wos vadeidigst an eß? Vadeidigst eß mi oda as Elegdrizidädswerg? Vadeidigds eß mein Woid oda vadeidigds eß de Iwalandmastn? I sogs eich: Wea oan vo meine Baam oriad, den schiaße nieda. Wenn oana sei Modorsog owirft, nachad schdirbda. Fia mi gibds koa Enteignung. I bin i. Und mei Sach isas meinige. Und des seid 16 Genaraziona. Wea wun eich Hodalumbn hodn 16 Genaraziona, de woa nochweisn ko? Eß wißds ned amoi wea eicha Vattan is, aso werddes sei bei eich hoamadlose Hunt! Wea oan vun meine Baam oriad isa doda Mo. *(Sieht die Geschwister auf dem Traktor kommen)* Nachbar, kimmsd grod zua rechtn Zeid! Sigstas, wiases mid mia dreim. Heit i, moing du. Huifma! Fahrs nieda midm Dragdor, fahrs zam! Du fahrstas zam und i schiaß zam, heifma zam! Erscht kimmt da Woid, nachad kimmt da Baua dro. De Modorsog an mein Schdamm schneidt ma an Kopf vum Hois. Gschbiasdas Nachbar! Mei Hois is dei Hois. Heifma zam, gega de ausda Schdod. De ausda Schdod han insa Untagang. De Schdod und as Land han Feinde! Warum war da Hea Jesus a Zimmamo und koa Bauer? Varad! Huifma, Nachbar, mei Leib is dei Leib, mei Bluad is dei Bluad, mei Woid is dei Woid. Heit i, moing du, huifma. Fahrs zam!

TOCHTER Di fahrma zam wennst ned weg gäsd. Dei Woid is ins im Weg, da miaßma durch.

SOHN Duach miaßma, do miaßma duach!

BAUER Wohi?

TOCHTER Furt, furt, furt.

BAUER Gäd da Baua furt schdirbta durt. Gäd da Baua furt schdirbta durt. Gäd da Baua furt schdirbta durt.

TOCHTER Vum Schdrom? Oida Deb, oida. Fia mi kannts gor ned gnua Schdrom gem afda Weid. Da Schdrom is mei Freind, da Woid is mei Feind.

BAUER Wennse da Baua ned wehrt, werda entehrt. Wennse da Baua ned wehrt, werda entehrt. Wennse da Baua ned wehrt, werda entehrt.

TOCHTER Midm Schdrom kimmts Atom, midm Schdrom kimmts Atom, midm Schdrom kimmts Atom. Wenns Atom kimmt, bracht koana mea arbadn!

(Alle schreien durcheinander, der Sohn gibt Gas und überfährt den schreienden Bauern.)

V

Die Geschwister fahren weiter. Plötzlich sieht man jemand im Scheinwerferlicht des Traktors.

DER EILIGE Nehmt mich mit! Ich habe eine wichtige Fracht für die Stadt. Sie bedarf ihrer *(geheimnisvoll)* wie das Reiskorn des Wassers. Die Stadt hebt den Kopf. Ihre Hände sammeln schon Steine. Schon morgen kann es soweit sein, ich darf nicht zu spät kommen. *(Eindringlich)* Ich frage, was nützt der Fortschritt, wenn er die Menschen überfährt. Was nützt die Kunst, wenn sie nicht den Interessen der arbeitenden Menschen dient. Deshalb schreibe ich vom Menschen für den Menschen. Von einem gesicherten Klassenstandpunkt aus. Lies dieses Buch, und du wirst mir recht geben. Nimm diese Handgranate, und du wirst recht haben. Lies und nimm. Paß auf: *(Er liest mühevoll.)*

Über Puri
der heiligen
geht die Sonne
zum Meer.

Wie ein
Votivbild
schau, sagt A.

Mich holt die
Vergangenheit ein.

Die Fischer werfen
ihre Kähne
ins Meer.
Alle zusammen
fischen sie
mit einem Netz.
Sie sind so viele!

Wie Sprossen einer Leiter
säumen ihre baumschweren Boote
den gelben Sand.
Die großen Schiffe
sagt einer und
deutet mit schwarzer Hand
weit hinaus,
fischen unser Wasser
leer.
Ich höre von fern
daß der Fischerkrieg
letztes Jahr zehn Tote forderte.
Schwarze, schmale Leiber,
die das Meer
zehn Tage bei sich behielt
und dann
fünf Kilometer weiter südlich
in den Ufersand legte.

Feierlich wurden sie
heimgetragen und im Dorf verbrannt.
Ich nicke.
Neben uns
scheißt derweil
ein anderer
gemächlich
in den gleichen Sand und bindet danach
ohne den Arsch zu wischen
seinen Lendenschurz und geht.
Ein heller fester Haufen.
Kein Dünnschiß
der mich plagt.

Ich gehe weiter.
Ich komm nicht vorwärts.

Drei Tage vor Abfahrt
holt mich die Heimat ein.
Ich bin depressiv.

Ich habe so viele Gedichte geschrieben. Immer wenn ich glaube, sterben zu müssen, lese ich. Wenn es zu dunkel ist, sage ich mir die Verse vor, die ich auswendig gelernt habe. Ich bringe sie durcheinander. Sie trösten mich. Sie beschützen mich. Oft liege ich in den schmutzigen Kämpfen, und Gott verzweifelt in mir und begeht Selbstmord. Ich versuche ihn abzuhalten. Er fragt mit verweinten Augen, warum. Der Gott, der war von seinem Blut so rot, und als ich ihn erkannt, war er schon tot. Warum schützt ihr euch nicht vor den weichen Einschüssen meiner Verse? *Liest:*

Warte, schau die Uhr.
Naziland ich komm.
Wieder ist die Aktentasche
voll mit Literatur.
Schreiben, schreiben.
Warum?
Die hier können nicht lesen.
Denen hab ich
nichts zu sagen.
Was ich
in den letzten drei Jahren
daheim publizierte
wäre es nicht genug
gewesen die Republik
zu sprengen, zu zerreißen,
zu rühren bloß?
Meine Spur zuhause
wie die der Sandlaus
an meiner Ferse?
Nicht mehr schreiben.
Verstummen?
Still wie das Haifischmaul
neben dem Bambuskral
der Fischer?
Verspeist der Leib
liegengelassen der ungenießbare Kopf
zwischen Scheißhaufen?
Mein Kopf genauso?

Daheim?
Weiterschreiben?
Kann ich noch?
Was will
immer wieder
in mir?
Wann steht das Kind auf
und verflucht den Sandkasten?
Oder wird
meinem kleinen Leib
im Spielsand noch
die Grube geschaufelt sein?

Kein Dichterkrieg mit Toten
daheim in Naziland
wo die Flüsse zugefroren sind
und die Herzen auch.

Schweigen – die Antwort
für einen deutschen Dichter
Schweigen aus Deutschland?
Immer wieder
bevor ich heimkehre
die KRISE.
Schweig jetzt.
(Kleine Pause)
Warum treffe ich nie ein Herz mit einem Wort. Ich bin verzweifelt.
(Sohn gibt Gas, sie fahren schnell weiter.)

VI

Wieder müssen die Geschwister halten und staunen.

MENSCHIN Warum glotzen Sie so? Ham Sie noch nie einen Menschen gesehn, der sich ein Benzin drüber schüttet und anzündet? Ich bin heute früh wie immer um fünf Uhr dreißig aufgestanden und habe beschlossen, eine Verbrennung an mir vorzunehmen. Die unwiderruflich zu meinem Tod führen muß. Verstehn Sie mich? Nichts möchte ich von mir übrig gelassen wissen als Asche. Für die ist gesorgt. Das Sterbegeld. Verstehn Sie mich? Ich brenne aus Protest. *(Lacht)* Die letzten zwölf Jahre war ich bei der AEG im Leuchtenwerk. Ich habe in Straßenlampen die Drossel eingebaut. Die ist anderthalb Kilo schwer. In der laufen alle Kontakte zusammen: Starter, Entstörfaktor, Erdung und so weiter. Die Drossel ist das Hirn der Lampe. Sie reguliert das Licht. Bei 100% habe ich pro Schicht 128 Drosseln eingebaut, bei 115 bis 120% 150 Drosseln, und wenn es 150% waren, dann habe ich mehr als 200 Drosseln eingebaut. Jetzt baue ich keine Drosseln mehr ein. Seit zwei Jahren. Die Zeit der Drosseln ist für mich vorbei. Verstehn Sie mich? Ich bin 52 Jahre alt. Der Fortfall meiner Arbeit war eine Rationalisierungsmaßnahme zugunsten der Ertragslage des Gesamtkonzerns. Das Leuchtenwerk war ein Sorgenkind und meine Arbeit eine rote Zahl in der Bilanz. Verstehn Sie mich? Wer fragt nach den Sorgenkindern in meiner Brust, wer fragt nach den roten Zahlen in der Bilanz meines Lebens. Soll ich wie ein Schlachtpferd auf dem Weg von Polen nach Marseille mit gekapptem Schweif und gestutzter Mähne warten, bis ich vom Arbeitslosengeld über die Hilfe bis zur Stütze in die vorgezogene Rente darf? Was soll ich denn tun? Dem Geschwätz der Politiker zuhören, mich freuen, daß es der AEG besser geht? Ich hab keinen Mann, der mich ernährt. Ich besitze keine Familie, in deren Schoß ich mich zurückziehen kann. Ich habe eine Tochter, der geht es gut. Sehr gut. Bevor ich die Stütze krieg, wird man mich fragen, wie gut es meiner Tochter geht. Wenn es ihr zu gut geht, muß sie für meinen Unterhalt mit aufkommen. *(Schreit)* Ja wofür hält man mich denn? Da geh ich doch lieber gleich betteln in die Fußgängerzone, da kennt man mich wenigstens nicht. Neinnein, alles laß ich mir nicht nehmen, mein Leben ist das, verstehn Sie mich? Ich hab ja nicht so gern gearbeitet. Das war ja keine schöne Arbeit. Verstehn Sie mich, aber das war eben MEINE Arbeit. Was soll ich den ganzen Tag tun? Nichts. Da bin ich höchstens ein blöder Schrei, den keiner hört. Und genau den zünd ich jetzt an. Dann wolln wir mal sehn, wie hell's dann wird! Und da wart ich seelenruhig, ob einer kommt und mich löscht. Ich tu's nicht, das kann ich versprechen. Verstehn Sie mich?

TOCHTER Warscheinle bisd a faule Sau gwen, i machat dreihundert Lampn in oana Schicht.

MENSCHIN Das sagen alle, und dann machen sie keine 100. Ich kenn die Arbeit! Schaun Sie mich doch an, ich kenn die Arbeit. Verstehn Sie mich?

TOCHTER Und mia woins kenna lerna! Weida, fahr weida, de brennt ins guad. De zoagd ins an Weg!

SOHN *(nickt und gibt Gas.)*

(Im Hintergrund eine Explosion, dann eine schreiende menschliche Fackel.)

VII

Eine Frau hält ihren Säugling an die Brust; aber sie hat keine Brüste mehr; kreisrunde, blutende Wunden, herausgebissen das Fleisch schon lang; der Säugling schleckt; die Geschwister kommen angefahren, die Frau weicht aus, hält sich am Traktor fest, läßt sich ziehen, schaut, hat eine Idee.

FRAU MIT KIND Gfoids eich? Fia finftausand kenntses hom, des is gschenkd. Viere, weis ihr seids. Unta drei gibes ned hea! *(Der Sohn gibt Gas.)*

Woanders: Appartement Rohbau VIII

SOHN Ich habe den Traktor gegen den Luxus gewechselt.

TOCHTER *(lacht)*

SOHN Ich habe gesagt zu dir: Laß mich nur machen. *(Kleine Pause, sehr ehrlich)* Sche is, gei? Des is aso sche, daßmas ned glam ko, daß mia do han. Eine Insel in der Luft. Die kann sogar betreten werden, worauf der kluge Mann besteht.

TOCHTER Draumi ned. *(Lacht, macht einen Schritt, laut)* Draumi scho.

SOHN *(mit Euro-Schecks)* De muaßma untaschreim, nachad koma ois kaffa, wosma wui.

TOCHTER Ois kaffa. Ois kaffa.

SOHN Schaug her, etzan zoagidas. *(Er unterschreibt.)* Etz du!

TOCHTER *(unterschreibt)* Die Welt ist mein Gewinn.

SOHN Wos?

TOCHTER Die Welt ist mein Gewinn! *(Konzentriert sich)* Kann Sahne schlagen. Fleisch – schnetzeln. Bomfrid mit Kraftknopf?

SOHN *(weiß es nicht)*

TOCHTER Der Alleskönner von Mulinex. *(Laut)* Einer für alle.

SOHN *(nickt, dann ebenfalls schnell)* Wie kann jemand einen Vorteil gegenüber andern haben?

TOCHTER Ich rasiere mich mit der neuen Schilet Komtur.

SOHN *(nickt, denkt nach)* Die zuschaltbare Freiheit?

TOCHTER *(weiß es nicht)*

SOHN Entdecken – verlieben – abfahren?

TOCHTER Auto.

SOHN Alfa Romeo empfiehlt Agip.

TOCHTER Eigentlich sehe ich ganz gut aus – nur diese fettige, unreine?

SOHN Clerasil.

TOCHTER Und nach dem Schulabschluß, Verlobung –

SOHN Volksbanken und Raiffeisenbanken – wir bieten mehr als Geld und Zinsen –

TOCHTER Mein Hund heißt Kondor –
SOHN Frolig – Frolig!
TOCHTER Und der Regen verrinnt nutzlos im Boden –
SOHN *(weiß es nicht)*
TOCHTER Und der Regen verrinnt nutzlos im Boden – ohne Mineralien kann er –
SOHN Kann er –
TOCHTER Kann er die Feuchtigkeit nicht speichern – Belsane Vita Mineralcrem.
SOHN Kein Vergleich mit alten Amis?
TOCHTER Kreisler Kariolet – Kariolet –
SOHN Mistviech genau. Der legenate Gleiter. Kreisler Kookereschn USA. Mittendrin feines Fischfilet –
TOCHTER Hunga!
SOHN Fischmäg. Männer bleiben kuul?
TOCHTER Fischmäg.
SOHN *(nickt)*
TOCHTER Ich wieda – er braucht dringend neue Windeln –
SOHN Bämbas.
TOCHTER Für die Frau ab 30 –
SOHN Jadehautaktiv –
TOCHTER Guten Abend, ich bin Ulrike Meifahrt?
SOHN Strumpfhose!
TOCHTER *(nickt)* Softlan von Nurdie.
SOHN *(deutlich)* His offiz is leik his kar –
TOCHTER Englisch, englisch, englisch.
SOHN Er hat einen vier Meter langen Schreibtisch. He seis: Mach was du willst –
SOHN UND TOCHTER Wennst du es wirklich willst, dann machst du es auch gut. Wer alles hat, verdient es auch. Schau mich an and mei Kar!
SOHN Am Steuer seiner Krovet hat einer die Zukunft im Griff – *(Er schaut, schnauft, nickt.)* Wos heid a Schbui is, des is moing de Wiagligkeit!
TOCHTER Schdui.
SOHN Wos is?
TOCHTER Schdui.
SOHN Wos duasd?
TOCHTER *(leise)* Horchn.

SOHN I aa.

(Pause, sie horchen lang.)

TOCHTER Wos heasd du? Etz – etzan – und etz? Heasd du des? Des etz!

SOHN Freile.

TOCHTER Wos is?

SOHN Schdui. *(Er horcht.)*

TOCHTER Auskenna muaßma se. De Ubahn bläad.

SOHN De headma ned.

TOCHTER De headma scho.

SOHN Ned headmas! Ned headmas.

TOCHTER Wubwubwubwub ... wia a Dromme und nachad waggeid da Bodn. Wubwubwubwub ...

SOHN Heanix –

TOCHTER Is nimma, is vobei, da Maulwurf.

(Pause, sie horchen weiter.)

SOHN Aba etzan hea i epps, wos du ned heasd.

TOCHTER Auddo?

SOHN Mehra, mehra –

TOCHTER Leit –

SOHN Mehra, mehra –

TOCHTER Musi –

SOHN *(nickt)* bambambambam ... genau, in ein Logal gengan mia aa no eine, des vaschprichida. Muaßdas bloß dawartn kenna.

TOCHTER No wos?

SOHN Vui, i hea vui.

TOCHTER I aa.

(Pause, sie horchen und machen verschiedene Geräusche nach, die einer wie eine Melodie anstimmt, und der andere übernimmt sie, das dauert lang.)

SOHN Glisupglisup, rattataatabig – glisuprattatabik –

TOCHTER *(versucht nachzumachen, kanns nicht)*

SOHN *(macht lauter)*

TOCHTER *(machts nach)*

SOHN *(wieder)*

TOCHTER Heri aa.

SOHN *(nickt)* Wos is des? Grrrsupgrrsup, rattabik, e. Wos is des?

TOCHTER Woaße ned.

SOHN Am Güdabahnhof vaschiams Waggons an da Rampn. *(Pause, sie horchen.)*

TOCHTER *(leise)* De Schdod seiba is schdui.

SOHN Laud.

TOCHTER Laudscho. Aba schdui aa. *(Kleine Pause)* Hörst du die Stadt, de Schdod selba moane.

SOHN *(horcht)*

TOCHTER Sog epps Schdod, sog epps – oa Wörtl bloß, daß ich dich besser hören kann. *(Schreit)* Sog epps!

SOHN Schdui! Schdui soisd sei – *(Er schnauft, horcht angestrengt.)* Heasd du des? Heasd nix? Des hans, de han do! Heasdas ned? *(Aufgeregt)* Des hans, des hans! *(Macht leise und zart einen Kälberschrei nach)*

TOCHTER *(schaut ihn an, horcht, nickt)*

SOHN *(äußerst erregt, macht sehr lange, sehr leise Kälberschreie nach, sehr zart)*

TOCHTER *(nickt stärker)*

SOHN *(sehr leise)* Am Güterbahnhof vaschiams Viehwaggons! *(Er nickt, lächelt, plärrt den Viehschrei in die Nacht hinaus.)*

TOCHTER Etz samma do woma highean. Etz hods Elend an End, werstas scho seng, wosida sog. *(Sie lacht, sie horcht.)* Die Stadt läßt uns grüßen, grüßen wir zurück. Hallo sigsd uns, do hamma. Jetzt geds Lem o. Hallo.

IX

TOCHTER *(fröhlich)* Je mehrer daß ich denke, desto schwerer werden meine Gedanken und passen nirgends mehr hinein. *(Lächelt, denkt nach, macht eine tänzerische Geste; wiederholt)* Je mehrer daß ich denke, desto schwerer werden meine Gedanken, und sie passen nirgends mehr hinein. *(Kleine Pause)* In diese Gedanken schließe ich meinen Neid hinein, der wo eine Wut hat auf meine – Entwicklung. *(Lacht)* Weil ich ihm enteile. *(Nickt, ißt)* Meine Heimat ist das Leben. *(Nickt und lacht)* Meine Heimat ißt das Leben. – Do soi a Kameifleisch drin sei, haupdsächli a Kameifleisch.

SOHN Wie kummd a Kamei do eine?

TOCHTER Des is a langa Weg, wei i den woaß. Das Kamei war a stolzes Viech, aber es hod oan Fehla gmacht: Es war ned so stoiz wia da Mensch und hodse obrichtn lassn. Es war die Zierde und der Schdoiz von die Scheichs. Je mehra Kamei daßa ghabt hod, umso reicha wara, umso mehra Weiba hoda hom kenna und umso mehra Kinda und umso mehra Anseng hoda ghabt. Das Kamei war wer und guad is erm ganga. Es hod ois durch de Wüstn gschleppt, und das war wichtig, und es hod nix zum Fressen ghobt und nix zum Saufa, und es war unglücklich. Freile is a gschlong worn. Awa es war notwendi, es war sehr notwendi, ma hods ghaut und gschundn, aba ma hods bracht. Es hodse dengt: Hau nua zu, du haust ma grod recht, solangst me haust, brachst me, und hod glacht. Das Wüstenschiff! Des war sei Glick, es war unersetzlich, und obwois vui hod arbadn miaßn, war es wer, es war wer. WEIL es vui hod arbadn miaßn. A Ewigkeit lang. Es hod wos glernt, es hod wos kenna, es hod an hocha Preis ghabt. *(Laut)* Das Kamel hat es sehr schön gehabt!

SOHN Awa etz freßmas.

TOCHTER Genau. Weil dann isas Lastauto kemma, und des war der Dod vum Kamei. Ois wos ma erm glernt hod, ois woßma in erm zicht hod, daßam Menschn huift, woßma erm ins Hirn neido hod, des war bloß no fia de Müllabfuhr. Nicht mehr notwendig. Wer nicht mehr notwendig ist, der stirbt

aus. *(Lacht)* Das ist das Geheimnis, des wosas Kamei ne gwißt hod.
(Pause, sie fressen.)
Wenn mas etzan no zicht nachad lernt ma erm nix mea, nachad brachts nix mea durch de Wüstn drong. De sigd sei Wüstn gor nimma. *(Leiser, still)* Wennst erm an Sand zoagsd, nachad schnubbads und woaß nix. Sei Schdoi is in am Bedonhaus. Es sigd koan Himme und koan Dog. Es friad owei in da schdeadn Käitn. Es kennd koa Hitz. As Neonliachd is sei Freind. Es woaß ned, daß no andane gibd. Schlau, gei? Es schlegd an da sauan Bedonwand und saugd anda audomadischen Dränkn. Es woaß ned, wosa Oasn is. *(Lacht)* Wenns groß gnua is, gäds an untairdischen Gang vom Schdoi zum Schlachthof und nachad kriagds an Dritt, wennsese beim Schderbn bläd oschdeid und ned so hischdeid wias da Schußabbarat bracht. Und dann hängt erm da Levz owa weis aso nerves is. Ma sigt in sei Mei eine, da gluggads, awa des nuzd nix. Da Schußabbarat schiaßt nei ins Kamei und na schdeds und schiadeit se, und foid hi afn Bedon, und wenns aso bläd foid, daßese wos bricht, nachad haut da Mezga noch drauf aufs dode Kamei weila mehra Fieslarbad hod. Manche san gscheid und schwitzn, de schderm scho im Gang an da Aufregung, de machan am meisten Arbad; da muaß extra da Gabelstapla kumma unds hoin.

SOHN Wohea woaßd du des?

TOCHTER Wer lesen kann, der hat die Welt.

SOHN I war awa wirgle am Schlachthof, da hams an Arbad ghabt, da bine hi, awa i bin zschpat kumma.

TOCHTER Wern do Kamei gschlacht?

SOHN Oxn, Kaiben, Kia, Roß, vui Roß – des gäd von da Fria bis ind Nachd. De Schdod bracht vui Viecha. Aber Kamei, Kamei hobe no ned gseng. – BMW sucht Entwicklungsingenieure. Fragen Sie Personalabteilung PM-10. Wir haben der Zukunft ein Ziel gesetzt. Compur, ein Unternehmen der Bayer AG, sucht Chemieingenieur. Steinstraße 15. MAN: CAD-Layouter, Dipl. Ing. Fachrichtung Werkstoff für Planung. Personal Angestellte. MATRA, die Herausforderung. Digital- und Almagogtechnik. Konstruktiv lösen: Reisebereitschaft. Rükker sucht Fachkräfte für das Erstellen von Explosionszeichnungen. Fellbach, Herr Reindl. Leicher GmbH: Elektroniker im Tresorbereich. Sofort. ESG FEG sucht Avionik-Systeming. Vogelweideplatz 9, schauen Sie vorbei. Kartonagenfabrik Wimmer. Diplominformatiker, Konsoloperator, Mensch und Maschine, Anwendungsgerechte Elektronik, hassen Sie Teamkiller wie wir? Auftragsbereitung im Warenfluß. Compacta. Arbeitsamt Schnelldienst, die ersten 15 gengan ind Großmargdhalle zum Ausladn, zweife nimmt fia drei Stund da Hengstnberg, achte zur Stadtreinigung, bei Schneefall 127, de andan kemma moing wida. *(Wirft sich verzweifelt zu dem Jesus auf die Knie, bettelnd)* In da Schdod hams koa Arbad fia mi. Des hädma wissn missn, des hod ins koana gsogd. De schaung mit bloß o, de song, i hob an Vogl, wenni weng ana Arbad frog. De ham seiba koane, fia si seiba koane. Mia san vun auswärts, mia kemman erst am Schluß dro. Woda Schluß is, woaßma ned. Mi hoaßns bei de Arbadslosn in da Großmarkthalle an Bauan, und wenns amoi a bor Schdund an Arbad gibd, dann sog i am Lagavorsteha i hoaß Baua.

TOCHTER Hoaßd ned.

SOHN Reithmaringer moga ned schreim, des is erm zlang. Baua is leichta, und wea ned aufgschriem is, dea kriagd koa Geid. De Schdod mog mein Noma ned, de radiad erm aus. De Schdod nimmt oam 's Gsicht. Zerscht an Nam, na de Schbroch, nachad as Gsicht, do bleibt nix, da Kopf werd zaquetscht.

TOCHTER Gäsd oiwei bloß dorthi suacha, wos neamd bracha.

SOHN Na gä du.

TOCHTER Wennsdme ned ausse laßd. Mi ned und an Heagod aa ned, sunds kanntma dia heifa. Ma ko sein Heagod iwafahrn, wenna bei Rot iwad Schdraß gäd, awa man derf erm ned eispean.

SOHN Mei Heagod brachd ned arbadn!

TOCHTER Wenni wieda afd Weid kumm, weri a Mo und nachad arbad i!

SOHN *(zum Jesus)* Gei, Heagod, du werstma scho wieda guat! *(Schlau)* Er bracht ins und mia brachan erm, wei de Schdod hod an andan Heagod, dea mog ins ned, de Sau.

TOCHTER Muaßd erm wos schiaßn.

SOHN In da Schdod koma nix schiaßn.

TOCHTER Muaßt naus aus da Schdod, naus in Woid.

SOHN Naus aus da Schdod, naus in Woid. De Schdod hod koa End!

TOCHTER Han mia drin?

SOHN Mia han so weid drin, daßma nimma nauskimma.

TOCHTER Awa drin hamma ned, i schaug ausm Fensta und woaß, mia han ned drin.

SOHN Wos du ois woaßd. Mia han in am Haus drinna, des zäid vui, de andan keman a in a Haus ned eine, di liegn afda Schdraß, vor de Häisa von reiche Leid mit vui laare Zimma, liegns davor mid Kind und Kegl. Wennsese zlang macha, iwafahrn erna de Auto de Fiaß. Menschviech liegd af da Schdraß, awa weimas Fleisch ned fressn ko, kriangs koan Schdoi und koa Fuada.

TOCHTER Dafia sängs de Sonn und de Schdern und wennst mi amoi naus lassn dadsd kantima ois oschaugn.

SOHN I bin dei Bruada, i bin verantwortle fia di. *(Schnell)* I schlog am Heagod a Nischn außa, daßa an Bloz hod, wo ma erm hischdein kenna, des samma erm schuide, i zwing erm an Bloz ob. Des muaß sei. *(Er schlägt wie ein Wahnsinniger in die Wand hinein. Das dauert lang, dann hört er plötzlich auf, schaut, aus der Tiefe.)* Woaßd etzan du, wia de Großmuatta midm Nam vun da Muattaseitn hea ghoaßn hod?

TOCHTER Von de Hölzl kimmtse.

SOHN Des is da Nam vum Hof, aba do hods a bloß neigheirat, scho da Vatta hod nimma Hölzl ghoaßn, i moan an Nam, an Geburtsnam, ned an Hofnam. Vaschdesd des ned?

TOCHTER Warum wuisdn des wissn?

SOHN *(verzweifelt)* Oana muße doch darinnan. I hobs aufgschriem, soweitis woaß. Soie das vorlesn, daßmas vagleicha. Soie das aufsong, wia weid daße zrug kimm? Vater: Hans Reithmaringer, Landwirt in Bogen; geboren am 3. Mai 1898 in Bogen am Berg, Post selbst; geheiratet am 23. November 1919 in Großaitingen, die unsrige Mutter: Maria Reithmaringer, geborene Schöffel, geboren am 10. Dezember 1903 in Apfeltracht, Post Mindelheim; Vater des Vaters ist Josef Reithmaringer, Landwirt in Bogen; geboren 1868 in Bogen am Berg; Mutter der Mutter: Katharina Reithmaringer, geborene WAS? Geboren ca. 1870 in Großaitingen; *(atemlos)* Vater des Großvaters: Johannes Reithmaringer, geboren 1837 *(schnauft)* in Bogen am Berg, dortselbst Landwirt; Mutter der Großmutter: Barbara Reithmaringer, geborene Tausch, geboren 1840 in Altensteig, Post Dirlewang; Großvater des Großvaters: Georg Reithmaringer, geboren circa 1795 in Bogen am Berg, dortselbst Landwirt, Sohn von Hans Reithmaringer, geboren circa 1770 *(schnauft)*, Schmiedemeister und Landwirt in Bogen am Berg; Sohn von Hans Reithmaringer, Geburtsdatum unbekannt, urkundlich Schmied und freier Bauer seit 1745 in Bogen am Berg. *(Erschöpft, verzweifelt)* Und de oane Linie, de im dridn Gliad, de woaße ned, de hobe vagessn. *(Starrt die Tochter an, schreit)* Wia hoaßd du?

TOCHTER Theres. *(Kleine Pause, laut)* Reithmaringer Theres.

X

TOCHTER *(mit einem Lippenstift zugange)* Hoamwä guit ned. – Beschdimd ned. I kannt scho schbeim, wenni bloß an dahoam deng. *(Zum Bruder schauend, Antwort fordernd)* I aa!

SOHN *(leise)* I aa.

TOCHTER *(laut)* I aa, i aa. Soie schbeim? I brach bloß an dahoam denga, nachad kannti scho schbeim.

SOHN Die Bank schickt uns Hinweise, daß mir auf die Vordrucke keine Zahlen mehr schreiben sollen.

TOCHTER As Geid fian Dragdor vagäd. A niglnoglneichs Geid muaß hea. Des wo epps aushoit!

SOHN Genau.

TOCHTER Die Stadt ist schön, weil sie riecht gut. Dahoam isda Dot. Und sunst nix. *(Lächelt)* Die Heimat hat keine Postleitzahl mehr. Das tut gut. Und wenns ins no amoi bagd as Hoamwä nachad schwörma ins, daßmas sofort vagessn. *(Hochdeutsch)* Dieses ist nur vorübergehende Schwächung des Herzens aufgrund von – kennst du die Postleitzahl, die wo mein Herz besitzt? Werd nix varrotn. Die Stadt schmeckt sehr gut.

SOHN Awa de Schdod is voi, des hädma wissn miaßn, das häd ins oana song miaßn.

TOCHTER Die Stadt ruft. Rufen wir zurück. Wenn man ihren Ruf erhört, darf sie aber nicht ätsch machen. Muh-ätsch! Muh-ätsch. Gigerigigerigigerigi!

SOHN Dieses ist mein Gott, den ich aus der Heimat hierhergefahren habe mit dem Dradoll. Weil er ist schwer wie ein Oxe und braucht eigentlich einen Tieflader. Vater unser, der du mein Beifahrer in der Fremde bist, laß die andern die Abfälle fressen und gib uns was Gutes. Mach daßi am richtign Bloz schdä wenn oana umfoid!

TOCHTER Wennsd an Heagod und mi nauslassn dadsd, nachad kanntma dia heifa.

SOHN Mei Heagod bracht ned arbadn.

TOCHTER Aba i.

SOHN *(starrt sie an, kleine Pause)* Wo bisd du gwen?

TOCHTER Draußd. – Draußn, draußn.

SOHN Hobe ned gsogd, daßd dahoam bleim muaßd. Hobe ned gsogd, daßd ned auße derfst. Daßd ned owe derfsd, weisd a Wei bist, weisd koan Schleia hosd, wei de Schdod a Sau is und dia untam Rog glangd. Hobe ned gsogd, daß i ois mach draußn, wei des da Mo duad.

TOCHTER I gä aba scho lang und jedn Dog weida. Und bassiad isma nix.

SOHN Des mergsd du ned. Mia san in da Schdod, do is ois andas. De Schdod isa Sau, des woaßi, de derf deine Aung ned säng, und deine Zähn wennst lachsd und deine Hor. Nix derfde Schdod seng vo dia, di gibida Schdod ned, du ghersd mia. Du bisd as lezde, woße hob vo dahoam. Di ghoitima, di hebema af.

TOCHTER I war awa scho weid.

SOHN Findst nimma zruck!

TOCHTER Scho zruckgfundn, oiwei zruckgfundn.

SOHN Drum gäsd etz nimma furt, nia mehr. Erschd wenida sog, etz isa so weid, nachad schdäd unt an Auto, des hod Vorhäng, *(lacht)* und da sizd de eine und derfsd außaluagn, awa so, daßma di ned seng ko. *(Er hält ihr Gesicht fest.)* Mi hod de Schdod scho obegd, awa di kriagds ned. Nia. *(Er nickt.)* Und oamoi kimi und bring da oan, do kosd de gfrein weneda sog: des isa. I findda scho oan, an guadn. Awa dea nimd de nachad bloß wennsd sauba bisd wira buzde Glingl. I bin dei Bruada und i muaß afbaßn, das des aso is. Genauaso.

(Ritualisierung: Tochter muß knien, dann wird sie verschleiert, bis ein kleiner betender Berg entsteht. Pause. Dann befestigt der Sohn an der Wand eine Freilandtapete – irgendwie Wald und See und Himmel, wie bei Zahnärzten gern gesehen. Der Sohn hebt der Tochter den Schleier von den Augen.)

Des muaßd fest oschaung, ganz fest oschaung. Heasd mi, sigsd mi, gschbiasd epps? Na is guad, so muß sei, wei i hob epps, epps bloß fia mi, des muß sei. Des hod a jeda in der Schdod, des muß sei. *(Geht zum Video, legt Kassette ein, setzt sich still davor.)*

(Große Pause)

TOCHTER *(leise, fremd, hochdeutsch, sehr langsam)* Es ist kalt geworden. – Es wird kälter. – Die Stadt gibt nichts her. Die Stadt erkennt, daß wir nicht ihre Kinder sind. Das weiß ich jetzt. – Die Stadt hat kein Stück Holz gegeben. Nindascht nicht es kloanste Astl. Awa mia brachan a Feia, weima sunst dafrieren. – Das Wasser läuft noch. Aber wir sind keine Fische. Die Stadt gibt keine Antwort. Die Stadt ist der Metzger.

XI

Verwildert beim Blutabzapfgerät; Kälte

SOHN De san so bläd, de kaffa mia des Bluad ob, und woins gor ned. De Schdod schbind, de schiaddans duach und gems ma zruck und zoin! Des kennas macha so ofts woin, des duad ma nixe, wenns dafia zoin! *(Leise)* A bißl epps fias Hergodl, nua a bißl epps. Ned zvui, zvui brachta ned, a bißl epps. Vum andan lebma, etz gäds umkärd, i bluat und mia lem, etz gäds umkärd, ned er isas Fleisch und Bluad, sondan umkärd – er kriags epps von mia bis erm bessa gäd und da Rest danärd ins.

TOCHTER *(nimmt Blut zum Opfern)* Dua nix vaschiddn, es is as Bluad vum Bruadan, des isas deirigste wosma no ham, du bisd koid und dirr, gei, du bliatsd nimma! Sunsd kannst epps beisteian zin Lem. Wuisd ned a bißl bluatn, nimmda a guads Beischbui am Bruadan, dea bluat fia ins olle. Dea kriagd fian Lita an Zwanzga, woaßdas eh, und bhoitn danses ned amoi! So bläd san de. *(Schaut den Herrgott lang an)* Awa du saufsdas bloß, sogsd nix und gibsd nix! *(Lauter)* Des muaß an End hom! *(Leiser)* Es is da scho vagunnd, awa a es Heagodl muaß fia sei Lem sorgn und ned bloß saufa, woserm andane hischdein!

SOHN Laß mein Heagod schde, es is mei Bluad, und i gibs erm gern, wea gern gibd, dea kriagd doppeid zruck. Wenna wieda a Grafd hod na gibda. *(Lauter)* Awa du, du muaßd a epps doa, und ned bloß bläd dahearedn, du lebsd a von meim Bluad und duasd nixe. *(Laut)* Des muaße ändan, du gäsd und sogsd: Ich stelle dieses Loch für menschliche Abfälle zur Verfügung. Der Preis dafür isa Zwanzga. Bist du damit einverstanden? Dann sagt der andere ja und du sagst: I aa, i aa, i aa.

TOCHTER I aa.

SOHN I aa. I aa.

TOCHTER Na.

SOHN Jeda muaß epps gem, de Schdod vagibt ihre Preise an den Höchstbietenden! Ich habe dich und ich verkaufe dich, du bist mein Eigentum, weil ich der Bruder bin, jeder verkauft, was er hat. Die Stadt kriegt mein Blut und meine Schwester. Meinen Herrgott kriegt die Stadt aber nicht.

TOCHTER Ich sehe nix. Ich höre nix. Mein Bruder sorgt für mich. Ich darf nicht hinaus, keiner darf meine Augen sehn und meine Zähne erst recht nicht. Ich gehöre meinem Bruder. *(Versuchsweise, leise, fremd)* Ich stelle dieses Loch für menschliche Abfälle zur Verfügung, der Preis für deinen Abfall, dea bedrogd an Zwanzga. Bist du damit einverstanden. Ja. Ich auch. Ich stelle dieses Loch für menschliche Abfälle zur Verfügung, der Preis für deinen Abfall, dea bedrogd an Zwanzga. Bist du damit einverstanden. Ja. Ich auch. Ich stelle dieses Loch für menschliche Abfälle zur Verfügung, der Preis für deinen Abfall, dea bedrogd an Zwanzga. Bist du damit einverstanden.

KUNDE Ja.

TOCHTER Ich auch. Der Preis für deinen Abfall –

KUNDE Der beträgt einen Zwanziger, bist du damit einverstanden?

TOCHTER Ja.

KUNDE Ich auch. Ich bin gerne einverstanden. – Meine Frau läßt sich nicht ficken, sie läßt sich vorne nicht ficken und hinten erst recht nicht. Sie sagt, sie hat eine Hämorrhoide, sie sagt, die wächst dann immer. Sie sagt, sie kann ihren Schließmuskel dann nicht beherrschen. Dir macht das nichts aus, gell, du hast einen gesunden Arsch, da hat schon was Platz. Meine Frau ist die beste Frau der Welt, damit wir uns richtig verstehen. Ich führe eine gute Ehe, um die mich andere beneiden. Sie schluckt auch das Sperma nicht, wenn sie sich schon ausnahmsweise einmal herabläßt und mir einen bläst. Sie macht eine Abmagerungskur. Sie hat gelesen, daß im Sperma Eiweiß ist. Sie sagt, das macht dick, drum kann sie es nicht schlucken. Ich sage: Es sind die Kohlehydrate, die dick machen, aber sie schluckt es trotzdem nicht. Da kann man nichts machen. Du hast gute Zähne und beißt mich nicht, gell, du schluckst alles hinunter, was man dir in den Mund schiebt. *(Pause, er lacht.)* Meiner Frau bin ich zu groß gebaut. Damit, sagt sie, kann man jemand abstechen, aber nicht lieben. Hast du sowas schon gehört. Meine Frau leidet an Verstopfung. Stundenlang sperrt sie sich im Bad ein. In ihrer Verzweiflung führt sie sich Klistiere ein. Ich sage: Laß mich das machen, aber sie läßt mich nicht. Sie ist eine gute Frau, aber sie hat kein Verständnis für mich. *(Pause)* Kannst du scheißen?

TOCHTER Ich kann gut scheißen.

KUNDE Kannst du jetzt scheißen?

TOCHTER Ich glaube schon.

KUNDE Dann scheiß bitte. Ich sehne mich danach, einem gesunden Menschen beim Scheißen zuzusehen. Es ist eine Erleichterung für mich. Das ist doch eine Freude, ein gesunder Stuhlgang! Das ist doch schön, wenn sich jemand hinsetzt, und dann lacht er, und dann scheißt er. Laß mich schaun. Das ist schön! Du bist gesund. *(Lacht)* Du hast gegessen, und du hast eine gute Verdauung. Meine Frau kann Haare nicht leiden. Meine Frau haßt Haare. An ihrem ganzen Leib gibt es kein einziges Haar. Sie haßt alles Natürliche, Unberechenbare. Darf ich dir ein paar Haare abschneiden?

TOCHTER Du kannst es tun, denn ich habe ja genug.

KUNDE *(schneidet ihre Haare ab)* Das genügt mir. Ich bin kein schlechter Mensch. Meine Frau hat mich dazu gemacht. Es begann, als wir heirateten. In Amerika sagt man, ich hole mir nur schnell eine Schachtel Zigaretten, und dann kommt man nicht wieder. Das ist Freiheit.

TOCHTER Ich fahre nach Amerika.

KUNDE Ja, zweimal.

TOCHTER Amerika ist schön.

KUNDE Das kann man sagen. Amerika ist groß, das muß man zuerst feststellen. Europa ist ein Scheißdreck dagegen, Europa ist überhaupt der letzte Scheißdreck. Kaum sitzt man im Auto und fährt ein paar Kilometer, schon kommt man an eine Grenze. Lächerlich. Kleinstaaterei, Gesetze von vorgestern und ein Dünkel, ein europäischer Dünkel. Wer investiert noch in Europa. Niemand. Ganz klar: das Klima, das politische Klima, das soziale Klima, logisch. Wo bleibt die Freiheit? In Amerika ist die Freiheit groß. Es gibt arme Menschen, und den Schwarzen geht es strichweise schlecht. *(Leiser, wie ein Asthmaanfall, würgend)* Das muß man auch sagen, das muß man zugeben. Bist du schwarz, bin ich arm? Von New York nach San Francisco fliegt man eine Nacht. Das ist Freiheit. *(Aus dem Fenster schauend)* Das ist doch keine Stadt, das ist ein Scheißdreck. Wenn man stark ist, kann man in Amerika tun, was man will. *(Laut)* Alles. Alles. Und hier: Knechtschaft, Enge, Angst, Mauern – aaah, ahhh – *(windet sich, dann leiser)* Ich liebe meine Frau. Das muß man zugeben und zusammenhalten. Das ist das Wichtigste, was man hat. Ich gehe nicht nach Amerika. Ich liebe mein Land, ich liebe meine Heimat. Das muß man auch einmal feststellen. *(Schnell)* Ich bitte darum, alles mitnehmen zu dürfen. *(Leiser)* Ich komme wieder, ich komme gern wieder. Ich wickle den Stuhlgang in die Haare, und keiner merkt was. *(Tut es)* Du hast mich nicht enttäuscht, ich bin zufrieden, was heißt zufrieden. *(Unterdrückt einen Lustlaut, fängt sich wieder)* Ich muß mich beeilen, es ist die Wärme und der Geruch. Vielleicht kann sich meine Frau erinnern, solche Fälle soll es geben. Wenn deine Haare nachgewachsen sind, komme ich wieder. Und daß du mir ja gut ißt in der Zwischenzeit. Scheißerle. *(Er läßt die Tochter verwüstet zurück.)*

SOHN *(blutüberströmt, er hat sich während der Szene vom Blutabnahmegerät losgerissen, kriecht auf die verwüstete Tochter zu, wie Orang-Utans in der Gefangenschaft schlecken sie sich gegenseitig die Wunden, das Fell.)*

XII

Verwüstet der Rohbau zur Hofstelle, wühlend.

SOHN I hob an Erdn gfundn, an Erdn, i hob a Loch, do schaug, wose hoambring, schaug, Aung af! *(Er schüttet aus einem Frischhaltebeutel Erde auf den Boden.)* Mein steter Schritt war zielgerichtet – und etz bine groggy, total niedagmaht! I hobmas oiwei dengd, des gibdsa ned, des kosa ned gem, de miaßn ja irgandwo an Fleg vagessn hom. Es muaß a Megligkeit gem, hobima dengd. Do liegds. I hoba Schdei, so groß wira Loch firan Menschn, die degge am Dog zua mid am Babadeggl. Damit meine Bodenquelle kein anderer findet. Wo da Bedon afn Der drift wirfta Odan, de gengan duach de ganze Schdod, de drugan gengseidig afananda bis Blodan werfan und de schbringan af, und nachad gibds Lecha. I hob oans gfundn und wieda oans, und no vui, aba drunta koan Bodn, sondan Schdoana, Baaz, Abfoi, Dreg, Wassalacha, greisle. Nachad bine mit am Schdegga ganga wira Blinda und hob afn Der und Bedon gsteßn, aso, woaßd, daße hea, ob epps drunta is, a Bodnquein, und daßde Leid ned song, wos duadan dea do, hobe an Blindn gschbuit. Und etz hobes, a Schdund vo do weg. A soa Loch! Erschd hobe aa durchn Dreg duach missn, und den hobe weid weg drong vun meim Loch, damid koana sogd, ja wos grobtan do oana – und nachad is kumma, schaug das o, de is bessa wie af da Woazwiesn, de is vui bessa und etza kone von unten her de ganze Schdod ogrom, duachgrom, von unt unta de Schdraßn duache ziage meine Gräm, und wenns rod is obn an da Ampe, koi unta da Schdraß iwad Schdraß gä und koana fahrt me zam, und jedn Dog bringe etz zwoa soichane Daschn voi mid hoam und nachad bauma epps o, weil merksd epps: Des Wassa, des laft oafach, hosdas du scho dawartn kenna, daß des afhead? As Wassa kennas ned kontrolian, da dans erna schwar – desweng kenna mia a Feld olegn und wassan wia ma woin, und nachad baust a Gmias o, und wos zum Fuadan, wei Viecha schleppe a eina, Hasn, Hasn miaßn hea, a boor Hasn, an Kardoffe, a Gmias und a

Goas – und nachad muße nimme auße, nachad kone bei dia bleim und wartn, wartn. In da Schdod muaßma wartn kenna, lang wartn, und wea des ko, daß dea am End dro kimmd, des is glar, wenn olle andan umgfoin han und vareggd, nachad kemman de ibrig bliebna dro, und zu dene gheari nachad.

TOCHTER Die Seele hängt mir im Fußpilz drin. Die Krankheit macht den Alkohol erträglich. Er ist nicht gut, aber wirkungsvoll. Lieber Gott, dieses Glasl trinke ich auf dich. Prost Inri! Du hosd dei Bluad und i hob mein Wein. Machmas ins gmiatli und laßma ins schmegga! Isda fad? Mia aa. Ziagma ins a Kaseddn eine. Mia zwoa han oiwei dahoam. Da Bruada konas Bluad zum Metzga drong und inda Schdod valorn gä, der schlaue Hund. Und mia? Mia hoin uns d'Welt eine. I woaß, wo de Geheimkaseddn san. Mogst zuaschaung? Sog feig, genau. Ziagma uns an hardn Porno eine. Oda liaba an Wesdan. Genau, a Wesdan muaß sei, gä hea, daßd wos sigsd. Mia kosdas scho song, gei, mia kosd ois song, wei du bisd a bloßno a Gribbe und sunst nix mea. Wos is, soide dalösn vun dem Kreiz und dia oan blosn, daßd wida a Lem in de Glieda kriagsd? Laßme nua macha, de Dechnig kenne genau, werstas scho seng, und bei dir valange nix. Beißn duade ned, weisd da Heagod bisd. Und wennsda kimmd, nachad duasd mi dalösn von de Sauarein und machstme wieda heile. Der Tod hat mir seine Exkremente hineingedrückt. Hasch mi woll liab. *(Schnell, direkt)* Liabs Heagodl, vagibma meine Sindn. I bin undn, du bisd obn. Und ma soi nix vakean. Du Lamm Gottes, du gebenedeiter Leib, steh mir bei in guten wie in schlechten Tagen. Mea culpa, mea maxima culpa! Mamme, Babbe, i han am Hergodl Schlechtes gedan, i han am Heagodl Inkeuschheid gedan, i miäß biaßn, biaßn. Heile, heile Segen, morgen gibt es Regen, übermorgen Schnee, da tut es nicht mehr weh! *(Leise, intim zu Gott)* Sogmas du, hend de guitn Doge vobei, und isch as Moß der Liebe ausgegossn aus deine Nogllecha, bische niama bluatig Bluata? Brachsch es Bluad vom Bruadan nimma, *(leise)* bisch du doat? Sog epps, du soisd epps song. Die Tage erschweren sich mir überträglich und betten meine fürchterlich in Schwermut ein. Aber die Rose ist im Supermarkt am billigsten. Wassa, i brach a Wassa, i brach a Schiffl und a Wassa, wos meina Seele Kindl sicha iban Boach bringd.

(Säuft am Wasserhahn) Nit saufn, *(siebengescheit zu sich selber)* wenne es Wossa aussaufsch, lafds Schiffl auf Grund, weil es Seelile isch schwarer wia a Fakei. Schwimm Schiffl, schwimm, schwimm furt, brings Kindl sicha iwas große Wossa direkt in Himml eini. *(Befriedigt)* Es Kindl is schwarer wia a Fakei und brachd a sichas Schiffl fia de Nochd. *(Auf und nieder, erschöpft)* Es wogsd nix.

SOHN De Erdn is bessa wia afda Woazwiesn.

TOCHTER Es wagsd nix o.

SOHN Zvui Wassa!

TOCHTER Gestan zweni, heit zvui!

SOHN *(nimmt Erde in die Hand)* Zvui Wassa, zvui Wassa!

TOCHTER Da Bedon ziagd as Wassa und nachad vamoosds driwa wira saure Wiesn!

SOHN Lecha stecha, Drenaschn oleng, oblaffa lassn, nei ofanga!

TOCHTER I ko nimma, i ko nimma! Laßme in Ruah. *(Schreit)* Af meine Händ is koa Seng mea –

SOHN Hosd oiwei a guade Hand ghabt fian Gmiasgartn.

TOCHTER Dahoam, dahoam. In da Schdod is ois andas.

SOHN Awa i laßas lezde Bor Hasn ned varegga, i laß nix varegga! Du bisd fias Viechfuada zuaständi!

TOCHTER I hob koans, i hob koans!

SOHN Kosd zuaschaung wias vahungan, de Viecha, wia se de Goas am Gidda as Mai bluade schlegt?

TOCHTER I hob nix!

SOHN Muaßde mea ostrenga, mea ostrenga, in da Schdod muaßmase oiwei mehra ostrenga, oiwei mehra, und wennma moand, etz gäds nimma, nachad erscht recht! Na gäds!

TOCHTER Strengmi mea o, strengmi mea o!

SOHN Na gäds.

TOCHTER *(rennt hilflos herum, schreit plötzlich)* De Goas is dot! *(Bricht nieder)*

(Große Pause)

SOHN *(wie erwachend)* Entweda mia han furt, wenns kemman, oda se dawischn uns. Etz gäds umd Wurscht. Wennst brav bist, nimmade mid. Schde af. Backs Glump.

TOCHTER Wenne a Vogele bisch, gibsch a Zeichn, damiti dei Liadl nit schdäa. Wenne a Hundl bisch, sogsch es a, damitidi nit mitm Schdeckn vadreib. Wenne a Schlange bisch, muaßdas aa song, damitade ned daschlog, bevorst mi beißt. Wenne aba a Wonzn bisch, sogsdas aa, damitidi von dem unwirdign Lem befrei und die schnelle datritt, daß da Weg frei isch.

SOHN *(nimmt die Freilandtapete ab)* Gä, oda wilsch dadrätn wern?

TOCHTER Lieb Mutter, ich habe viel Kunden gehabt, lieb Vater, die haben dein Tochter verwüstet. Nun hängt mir die Seele am Galgen im Wind, muß fortfliegen wieder geschwind. *(Geht zur Dusche)* Die Schand owaschn, genau. Du muaßt mi zrucknemma, Muatta, und nei ausbochn und nachad wida geh lassn.

SOHN Theres, mia missn weg.

TOCHTER Wohi?

SOHN Hoam.

XIII

In fremder, harter Landschaft; der Bruder die Schwester und den Jesus auf dem Rücken schleppend; kalt und langsam.

TOCHTER Hosdas ned gseng? Es war so guad und liab. *(Lächelt)*

SOHN Wos hosd vagessn?

TOCHTER Es war so liab und fein und es hot mia allan gekert.

SOHN Mia ham weit.

TOCHTER I hobs scho, sigsdas? A Stabile, a leichtendes, sigsdas, i hobs gwißt. Es is do. Duasdma wäh. Laß mi.

(Sie rasten.)

SOHN *(hat Süßigkeiten)* Schaug, wose no han fia ins.

TOCHTER *(ißt es schnell auf)* Hasch die Kaiblen schon gefuatat? *(Lächelt)* Muaßd in Schdoi schaung, *(lustig)* da wersdi wundan. Wos do zum seng gibt, da wersdi wundan. *(Sie lacht vor sich hin, leise, verschämt.)* Muaßd hoit bessa afbassn. Gschengta, gschengta nimma gem. Mein is es. *(Ereifert sich)* Na, des is aso gemein, aba so gemein. *(Erbricht)* Duan sedas ned vagunnen. Stehlratz, werstas sei lassn, mia hods de Bape midbrocht. Mia, nit dia.

SOHN *(wie ein Dieb, mit dem Finger, schleckt)* Grod a bißile.

TOCHTER I kenn dei bißile. I wers am Bape song, dea gibta nachad afn Hintan.

(Er schleckt weiter am Erbrochenen, Pause; dann hebt er seine Last wieder auf den Buckel; weiter.)

SOHN Da ist die Heimat, welche wir sehen. Bald haben wir warm. Bald werden wir daheim sein. Wir sind die Nacht über gegangen, wir haben keinen Bus gebraucht. Man kann die Heimat riechen. Riechst du die Heimat? Die Schwester schläft, bald wird sie aufwachen, die Augen aufreißen und die Heimat sehen. Die Heimat ist schön. Die Heimat hat eine Milch und ein Fleisch hat sie auch. Die Heimat ist ganz nah. Ich sehe eine Kuh und ein Pferd. Einen Traktor sehe ich auch. Meine Augen sind offen. Die Wärme kommt mit der Heimat, ich verspreche es dir. Die nächste Verschnaufpause machen wir bereits am Rande der Heimat. Man kann einen Stein nehmen und trifft sie.

TOCHTER Der Vater hat mir die Augen entwendet, weil er mir eine Überraschung bereiten will. Aber das kann mir niemand erzählen. Der Vater weiß schon, was er tut. Die Mutter sagt: Versteck sie gut, damit sie sie nicht gleich findet. Die findet immer alles gleich. Eß miaßds bloß song: koid, warm, wärmer. *(Sie lächelt.)*

SOHN Warm.

(Weiter; weiter müssen sie.)

XIV

Friedhof und Schnee, ein Grab.

SOHN Vatta, kosdmi hean? Mia han wieda hoamkemma, Vatta. Der Bodn wo de Muatta und die zuadegd isas lezde wos ins bliem is. Und ohne an Bodn stirbtma, des hobe ned gwißt. Etzan woaßes awa. Vatta, kosd mi hean, do bine wida, kosde frein. De Theres is aa do, schaugts hea. Mia miaßn etz zamrucka, da Bodn wo eich zuadegd is da lezde woma ins ned vadreim derf. Vatta, Muatta, mia han hoamkemma. Des is da lezde Bodn, dea ins kerd. Mia wern erm osan. I wern umgrom. I wer ned so diaf aggan, daße eich wä dua, i wea grod so diaf neigä, daß da Woaz ned umfoid und de Wintagerschdn ausreifa ko.

(Wie zum Schlafen legt sich der Sohn auf den niedern Grabhügel, die Tochter nagelt den Christus an ein Kreuz, dann setzt sie sich nieder, zieht ihre nassen Sachen aus, friert und läßt sich einschneien – alle sind heimgekehrt.)

Ende

Bauern sterben

Ein Stück in vier Akten

(hochdeutsche Fassung)

Mitarbeit Alexandra Weinert-Purucker

in einer hochdeutschen Fassung vom Januar 1985
in Calcutta

Personen

DER VATER
DIE MUTTER
DIE GROSSMUTTER
DIE TOCHTER
DER SOHN
EIN BAUER
EIN MENSCH
EIN MANN
EIN ZEUGE
EINE FRAU
STATISTEN

Zum Aufführungsstil:
Große, grobe Darstellungsformen, auch naive wären wünschenswert. Die Bilder sollen wie Landschaften sein. Das Stück spielt irgendwo zwischen Landshut und Calcutta. Das Stück will das Schicksal von Flüchtlingen darstellen, die es zu Abermillionen gibt und die doch in keiner Flüchtlingsstatistik auftauchen, weil sie nicht Landesgrenzen, sondern ihre eigenen überqueren. Aus Pionieren werden so Opfer.

Ich sah mich um. Ich war inmitten einer großen Anzahl von Steinbetten, die mit arabischen Schriftzeichen übersät waren und glänzten. Während ich darauf wartete, dass die Ampel umschaltet, verspürte ich einen fast schmerzhaften Drang zu kacken. Mit dem Kackdrang vermischte sich die aufsteigende Erkenntnis, daß ich mich auf einem Friedhof befand. Du kannst nicht auf deine armen Verwandten kacken, dachte ich und hoffte auf baldiges Grün, um weitergehen zu dürfen und dann hinter dem Friedhof zu scheißen. Aber es wurde nicht grün und der Drang immer heftiger und das innere Nein immer stärker. So stand ich da, bis es mich an den Schenkeln kitzelte. Ich griff hin. Die Scheiße lief mir an beiden Schenkeln herunter. Ich trug eine kurze Lederhose, wie ich sie als Bub hatte, und dicke braune Rinnsale krochen unter der Hose heraus und liefen an mir hinunter. Ich konnte es nicht aufhalten.

(Mondscheinknecht II)

Erster Akt

1. Szene
Heimat in der Küche

SOHN *(schreit verzweifelt)* Wir brauchen eine Wasserleitung, ohne eine Wasserleitung gehts nirgends mehr. Eine Wasserleitung hat ein jeder. Wir brauchen ein neues Dach, ohne ein neues Dach gehts nirgends mehr. Ein neues Dach hat ein jeder. Wenns alte zusammenfault und es überall hereinregnet. Wir brauchen einen richtigen Strom für die Maschinen. Ohne einen richtigen Strom für die Maschinen gehts heut nirgends mehr. Wir brauchen einen richtigen Strom, weil den heut ein jeder hat. *(Sehr laut)* Wir brauchen eine Heizung, wir brauchen ein Telefon, und ein Auto brauchen wir auch. Und umstelln müssen wir von der Milch auf die Bullenmast, auf die Bullenmast. Mastvieh! Dann haben wir eine Zeit fürs Leben wie die andern auch. Umstelln, modernisiern, ändern! Nur noch füttern und aus, ausmisten und aus! Fertig! Einmal am Tag und fertig. Und vorbei is es mit dem Raps und den Kartoffeln und dem Hafer und dem Weizen und dem Klee und den Zuckerrüben. *(Wild)* Mais will ich sehn, bloß noch Mais will ich sehn. Der Mais ist unser Glück. Der Mais überall. Mastfutter zum Mastvieh. Und fertig! Ausmisten, abspritzen, einfüttern mit dem Traktor. Und fertig sein. *(Er schnauft, dann ruhiger weiter.)* Ein Weib krieg ich dann auch, wenn umgestellt wär und modernisiert wär, weil dann käm sie, das Weib. Die käm gern, eine jede, wenn sie sieht: im Stall hat er umgestellt, alles ist total umgestellt und modernisiert! Gern käm die, wenn sie sieht, daß sie den Strom und das Wasser hernehmen kann, wie sie will, grad wie es ihr paßt. Und in den Stall muß sie nicht hinein, als Weib. Keine Stallarbeit, denkt sie sich und freut sich. Und wenns ihr zu kalt wird, dann schaltet sie einfach die Heizung weiter auf und die Wärme ist da. *(Schreit)* Ein Weib, das noch in den Stall hineingeht, find ich nicht, weils die nicht mehr gibt. Die will heraußen bleiben und zuschaun, wie ich allein mit zwei mal zwei Stund am Tag fertig wär. Alle paar Monat kommt der Metzger mit dem Hänger und aufgladn wird, was über zwölf Zentner hat, und fort damit. Und soviel Geld ist da, daß man den Pfennig nicht zweimal umdrehn muß und die Mark auch nicht. Und dann wasch ich mich jeden Tag und schmier mich ein und riech wie alle andern auch. Und das Weib denkt sich: Der Meinige steht nicht bis zum Kragen im Dreck jeden Tag, der riecht gut, und sauber is er auch. Weil er sich nicht abrackern muß den ganzen Tag. Weil er Zeit hat für seinen Körper und für mich. Mein Mann! Und warum? Weil umgestellt ist und modernisiert, wie es heute ein jeder hat, der was auf sich hält. Weil es endgültig aus ist mit der Milchpanscherei und der Molkerei. Weil is aus is mit den fünf stinkenden Säuen, die nichts bringen und nichts geben, weil es aus ist mit den gottverdammten Hennen und weil es aus ist mit dem Vater seinen Hasen und weil es aus ist mit der Kälberaufzucht, die der Teufel gesehen hat. Weil es aus ist mit allem! Außer mit dem Mastviech. *(Er schnauft, dann weiter.)* Umstellen müssen wir, umstellen auf Bullenmast. Die Mast macht den Bauern fett und geldig. Mastviech und Mastfutter! Mastviech und Mastfutter, sag ich. Aus und vorbei ist es mit der Arbeit den ganzen Tag. Mit dem Rackern, dem Schwitzen. Aus ist es mit dem Bluten und Fluchen. Aus is es und frei sind wir, weil wir Zeit haben. Zeit für uns! *(Pause, er denkt nach, dann leiser.)* Und das Weib mag das, und der Mensch auch. Jeder mag das, weil es schön ist, weil es sehr schön ist. *(Pause, er schnauft und fällt zusammen.)*

VATER Solang ich leb, wird nicht umgestellt. Nichts wird umgestellt. Gar nichts wird umgestellt. Es bleibt alles so, wie es jetzt ist und wie es immer war. Weil das Milchgeld, das ist das, was der Bauer sicher hat. Und wenn er das ausläßt, dann verreckt er. Dann verreckt er.

SOHN *(bittend)* Nicht verreckt er, nicht verreckt er. Leben tut er, leben.

VATER Verrecken sag ich, verrecken. *(Kleine Pause)* Und gehören tut alles noch mir. Alles gehört noch mir. Mein ist alles noch, alles! Die Milch und der Wald, die Hasen und die Kälber, alles, alles. Und was du frißt, kommt aus meinem Teller, und was du scheißt, läuft in meine Odelgrube. Alles gehört noch mir. Das Milchgeld und der Fernseher auch. Alles.

SOHN Ich scheiß dir auf dein Milchgeld und deinen Fernseher, ich scheiß drauf. Ich scheiß dir auf alles. Du alter Blutsauger du. Willst, daß ich krepier unter deinen Kühen. Willst, daß ich krummbeinig und bucklig werde unter deinen Kühen. Und blankschädlig unter deinen gottverreckten Kühen. Willst, daß mir das Leben krepiert unter deinen Kühen.

VATER Meine Kühe, mein Stall, mein Hof, mein Grund, mein, mein, mein. Alles ist noch mein. Mein Fernseher. Mein.

SOHN Den Hals schneid ich euch durch. Dir und deine Küh, und deinem Hof und deinem Grund und deinem Stall, das Genick brech ich euch.

VATER Werden einmal die deinigen auch sein. Die Kühe und der Wald und das Haus und die Felder und alles. Wird einmal alles das deinige sein, aber jetzt noch nicht, jetzt noch nicht! Ich übergib noch nicht! Noch nicht! *(Listig)* Und wenn ich einmal übergib, dann machen wir es notarisch, daß die Milchkühe bleiben, daß sie bleiben wie das Milchgeld und wie meine Hasen auch. Daß alles bleibt, wie es jetzt is.

SOHN Nichts bleibt, wie es ist, es bleibt nichts, weil ich geh!

VATER Du gehst nicht, du gehst nie, weil ich dich nicht laß. Nie laß ich dich weg! *(Leise, nah)* Du gehörst mir. Du gehörst auch mir. Ganz mein bist du, wie meine Kühe und mein Stall und mein Hof und mein Fernseher.

SOHN *(schreit)* Ich gehör mir.

VATER *(lacht)* Nix gehörst du dir. Mein gehörst du. Mein ist alles, alles und der Fernseher auch, alles.

SOHN *(zieht das Messer)*

VATER *(lacht)*

SOHN *(mit dem gezogenen Messer dastehend)*

VATER *(sieht es, biegt sich vor Lachen)*

SOHN *(steckt das Messer wieder ein)*

VATER *(lachend)* Alles ist noch mein. Alles. Du und dein Messer auch.

SOHN *(fällt verzweifelt in sich zusammen)*

(Pause)

MUTTER Andere arbeiten und bei uns wird gestritten. In dem Haus wird immer nur noch gestritten und gerauft. Ist kein Segen mehr auf unserem Dachfirst. Wird nur noch gestritten und gerauft, ist kein Segen mehr auf unserm Dachfirst.

TOCHTER Vater, tust schon wieder bluten. Blutst schon wieder, Vater.

VATER Immer die Geschwüre. Das sind bloß die Geschwüre. Die werden nicht kleiner. Die sind da, aber das macht mir nichts. Die sind da, die tun mir nichts und ich tu ihnen nichts. Sind auch mein, meine Geschwüre. *(Er lacht kindisch.)*

MUTTER Freilich tuts was, wennst immer die Hemden durchblutest.

VATER Dann blut ich eben. Du hast Zeit zum waschen, ich hab Zeit zum bluten. Genug Zeit. Wenns herausblutet, dann ist mir leichter. Wenns herausblutet, dann ist mir gut. Dann ist mir sakrisch gut. *(Lacht wieder)*

TOCHTER Du wirst eben Hämorrhoiden haben, Vater. Brauchst dir nichts denken, Vater, hast Hämorrhoiden in der Achsel, Vater. Die tun dir nichts, Vater.

VATER Eben. Die bluten mir gut. Wenn sie bluten wollen, sollen sie bluten. Die bluten mir gut.

SOHN *(schreit)* Aber einen roten Schleier hat unsere Milch, weil du hineinblutest, weil du nicht aufpaßt, weil du eine Sau bist. Wenns so weitergeht, dann nimmt uns die Molkerei die Milch nicht mehr ab, wenn sie noch roter wird, unsere Milch.

VATER Unsere Milch ist weiß wie der Schnee.

SOHN Einen roten Schleier hat sie wie das Blut.

VATER Ich hab nie einen roten Schleier gesehn. Weiß ist meine Milch, weiß!

SOHN *(schreit)* Aber ich, ich hab den Schleier gesehn, du alter Depp, du alter, aber ich.

TOCHTER Laß sie dir herausschneiden, die Geschwüre, Vater. Wirst es sehn, Vater, dann ist dir leichter, Vater. Wenn sie weg sind, Vater. Hast Geschwüre, Vater, so groß wie Stierbeutel, Vater, blutest wie eine angestochene Sau, Vater. Hast einen zerquetschten Stierhoden unter den Achseln, Vater.

VATER Die tun mir nichts, weil mir alles noch gehört. Du und er und die Säu und der Stall. Was einem gehört, das ist kein Unglück. Ich leb noch lang. Ich überleb euch alle noch.

MUTTER Aber der Fernseher ist so laut, daß man das eigene Wort nicht mehr versteht, daß man die Kühe nicht schreien hört, die wo brüllen, weil sie nicht gemolken werden, weil sie verrecken an der eigenen Milch, weil hier in dem Haus bloß gestritten wird und nichts gearbeitet und ich die einzige bin, die wo wirklich etwas tut. Und stinken tuts da herin. Die ganze Küche stinkt, wenn ihr herin seids, die ganze Küche.

TOCHTER Schau, Vater, sogar das Pflaster hast du blutig gemacht, schau hinunter.

VATER *(starrt stolz nach oben)*

TOCHTER Hinunter schauen sollst.

SOHN Schau hinunter, alter Depp, was du wieder gemacht hast, oder ich brich dir den Hals und die Knochen.

VATER Ich schau nicht hinunter, weil das ist nicht mein Blut. Wo ich das meinige kenne. Mein Stáll, meine Küh und mein Blut. Das ist nicht das meinige, ich kenn mein Blut. Ich bin nie gestanden auf diesem Fleck, da wo es jetzt blutig ist. Nie, nie bin ich heut da gestanden.

MUTTER Alles voll Blut, alles voll Blut. Der ganze Küchenboden ist blutig, als wenn er das Blut herausschwitzen müßt. Alles voll. Steigts nicht hinein, tragts es nicht herum, paßts auf, alles blutig. Und ich muß wieder putzen und keiner hilft mir.

TOCHTER Ich helf dir, immer helf ich dir.

MUTTER Dann putz, dann putz und red nicht, putz.

VATER Die soll nicht putzen, die soll kochen, weil es Zeit is. Du kannst putzen, sie soll kochen. Kochen soll sie, mußt kochen, mich hungert wie einen jungen Wolf. *(Freut sich)*

MUTTER Niemand kocht jetzt, niemand. Ist nicht Zeit jetzt zum Kochen, morgen wieder, morgen gibts wieder was zum essen, morgen, heut nicht mehr.

VATER Heut hat auch noch niemand gegessen, nix hab ich heut gekriegt, nix, nix hab ich gekriegt, wo alles noch mir gehört. Wollts mich verhungern lassen, damit ich aus dem Weg geräumt bin. *(Er schreit.)* Hunger!

TOCHTER Nichts mehr da, nichts mehr da, alles zusammengefressen.

VATER *(schreit)* Hunger.

TOCHTER Das Feuer ist schon ausgegangen, und der Ofen ist schon eingefroren. Morgen wird er wieder aufgetaut, morgen wenn einer ein Holz bringt.

SOHN Immer bring ich ein Holz.

VATER Aber aus meinem Wald, aus meinem Wald, mein Holz, mein Blut, Hunger!

TOCHTER Heut nicht mehr.

VATER So fett wie sie ist, das Luder, so wenig kocht sie. *(Schreit)* Ich hab Hunger!

MUTTER Steigts nicht in das Blut hinein. Paßts auf, putzts es zusammen, das muß man zamputzen und nicht umeinandertragen. *(Kleine Pause, sie sieht die Großmutter.)* Die Großmutter solls zamputzen, die Großmutter hat Zeit. Die Großmutter soll nicht fernsehen, sondern putzen. Alles soll sie putzen, immer soll sie putzen. Sie soll nicht da sitzen und fernsehen. Auf alle viere soll sie und putzen. Putzen sollst, alte Hexe, hörst nicht.

TOCHTER Putz, Großmutter, putz. *(Großmutter sitzt gaffend, still vor einem kleinen Fernseher.)*

TOCHTER *(schreit)* Kannst nicht hörn! *(Sie geht zur Großmutter.)* Stinken tut sie. Die stinkt, daß man umfalln könnt, so stinkt die.

VATER Weil sie eine alte Sau ist, eine alte. Die war immer schon eine alte Sau.

TOCHTER Weil sie Würmer hat, die hat Würmer, weil sie verfault. So viele Würmer kann nur ein Toter haben, ein Lebendiger nicht. Grad wurlen tuts in ihrem Bauch. *(Die Großmutter wird mehrmals angestoßen und fällt dann langsam steif von ihrem Platz am Küchentisch auf das Pflaster.)*

MUTTER Machts den Fernseher aus, machts ihn aus, wenn keiner mehr zuschaut.

VATER Ja, machts ihn aus, den Scheißkasten, machts ihn aus. Sparts die Batterie, sparts die Batterie, daß er geht, wenn ich schauen will, wenn ich schauen will, weil er mir gehört.

TOCHTER *(will der Großmutter die Fernbedienung aus den Händen winden, diese ist aber schon so steif, daß sie sie nicht mehr hergibt.)* Sie laßt die Fernbedienung nicht aus. Wirst sie auslassen. Sie gibts nicht her. Hergeben sollst sie, kannst nicht hören, hergeben sollst sie.

SOHN Dann laßts ihr die Fernbedienung halt, laßt sie ihr, wo sie ihre Freud gewesen ist, laßt sie die Fernbedienung mitnehmen ins Paradies. Laßt sie ihr.

VATER Aber der Fernseher gehört mir, und die Fernbedienung gehört auch mir. Ich nimm die Fernbedienung mit ins Paradies und den Fernseher auch und alles nimm ich mit.

SOHN Wo sie deine Mutter ist.

VATER *(er hat der Großmutter die Fernbedienung aus den starren Händen gerissen, er schreit.)* Ich habs, ich hab sie, mir hat sie sie gegeben. Jetzt gehört alles wieder mir, alles. *(Er schaut die tote Großmutter an.)* Die hab ich schon überlebt, so gehts euch allen noch. Schauts nur her, wie sie da liegt, da liegt sie, wo ich der Ältere war, der Ältere, dem wo alles gehört.

SOHN Warst nicht der Ältere, alter Depp, warst nicht der Ältere, alter Depp, wo sie deine Mutter war, deine Mutter.

VATER *(starrt die Tote an)* Meine Mutter ist nicht tot, meine Mutter gehört mir, alles gehört mir. *(Beugt sich zu der Toten hinunter)* Die kennt mich nicht, und die kenn ich nicht. Mama, Mama. *(Erhebt sich triumphierend, schaut die andern an)* Euch überleb ich alle noch, ob jünger oder älter, klein oder groß, Blut oder Milch, Sau oder Mensch, alles gehört mir, und euch überleb ich alle.

2. Szene
Abgang

Die Großmutter auf dem Küchentisch. Sie wird von der Mutter gewaschen, rasiert, und ihr werden die Nägel geschnitten; zum Schluß wird sie gekämmt. Das dauert sehr lang und ist ein Ritual. Die Tochter hilft dabei. Zwischendurch krümmt sich die Tochter einmal zusammen, schreit leise erschreckt auf und greift zwischen sich; sie muß sich kurz hinhocken; sie hat einen schnellen Abortus. Sie verliert es einfach. Sie schaut es kurz an, sie schaut, ob die Mutter es gesehen hat; aber die Mutter hat nichts gesehen. Die Tochter hebt es auf, putzt es mit dem Ärmel ab, schaut, ist unsicher, dann steckt sie es vorsichtig in den von den Würmern geöffneten Bauch der Großmutter.

TOCHTER Geh da hinein, da ist es warm und gut, das wirst du schon noch sehen, das garantier ich dir. Von einem Bauch in den andern, das ist schön. Du brauchst gar nicht auf die Welt; der Umweg bleibt dir erspart. Hast nichts versäumt, kannst es mir glauben. In den Bäuchen ist es besser wie heraußen. Heraußen ist es so kalt, daß du erfrierst, kannst es mir glauben. Heraußen ist es kalt, und ich kann dich nicht brauchen. Mit dir kann ich nicht daheim bleiben, und weg von daheim kann ich mit dir auch nicht. Mit dir bin ich lebendig begraben und hab keinen Bauch, der mich wärmt. Und du versäumst nichts, das versprech ich dir. *(Sie nickt mehrmals und hilft dann weiter der Mutter, als wäre nichts gewesen.)*

3. Szene
Aufbruch

Ein offenes Grab und ein Kruzifix; Jesus hängt an einem Fleischerhaken; vor ihm eine Schüssel mit dampfendem Wasser; wie ein geschlachtetes Tier wird Jesus vom Pfarrer aufgeschnitten und ausgenommen; die Innereien werden auf den Sarg gelegt, der Sarg mit dem Schlachtblut bespritzt; dann wird gebetet und der Sarg in die Grube gelassen. Der Vater sitzt daneben an einem kleinen Wirtshaustisch bei Schweinebraten und Bier. Plötzlich springt der Sohn auf und schreit.

SOHN Jetzt geh ich wirklich, jetzt geh ich wirklich, jetzt ist es aus, jetzt geh ich. Aus ist es und vorbei ist es. Ich kann nicht mehr, ich mag nicht mehr. *(Schreiend rennt er auf den in der Bühnentiefe stehenden großen alten Traktor zu, startet ihn und fährt auf die Trauergemeinde zu; überfährt zuerst den an seinem Tisch sitzenden Vater, dann andere, fährt auf das Grab zu, überfährt es, bleibt in der Grube hängen, kommt mit Vierradantrieb und Sperrdifferential wieder heraus, legt den Rückwärtsgang ein, fährt zurück, läßt den Motor aufheulen, fährt wieder vorwärts auf die Trauernden zu, die ihm nicht weichen wollen, überfährt sie, mehrmals fährt er vorwärts und zurück, bis er mit den Reifen alles ausradiert hat. Nur der Geschlachtete schwankt hin und her, wenn er unter ihm durchfährt.)*

TOCHTER Nimm mich mit, nimm mich mit, ich will mit, ich will heraus, ich will fort. Nimm mich mit. *(Sie springt auf den fahrenden Traktor auf, dann gibt der Sohn Vollgas, und sie rasen davon. Zurück bleibt ein Schlachtfeld.)*

Zweiter Akt

Zeichen am Weg I

Ein Wald, Holzarbeiter, Sicherheitskräfte, Hindernisse, ein tobsüchtiger Bauer; die Geschwister auf dem Traktor, sie können nicht weiter.

BAUER *(tobsüchtig mit einem Gewehr herumfuchtelnd)* Was verteidigts denn ihr? Verteidigts ihr mich oder das Elektrizitätswerk? Verteidigts ihr meinen Wald oder verteidigts ihr die Überlandmasten? Ich sag es euch: Wer einen von meinen Bäumen anlangt, den brenn ich mit einer Kugel nieder. Wenn einer seine Motorsäge anwirft, dann stirbt er. Für mich gibts keine Enteignung. Ich bin ich. Und mein Wald ist der meine und das seit sechs Generationen. Wer von euch Halunken hat sechs Generationen, die er nachweisen kann? Wer? Ihr wißts nicht einmal, wer euer Vater ist; so wird das sein bei euch heimatlosen Hunden. Was ist ein Mensch gegen einen Baum? Wer einen von meinen Bäumen anrührt, der ist ein toter Mann. *(Er sieht die Geschwister.)* Nachbar, du kommst grad zur rechten Zeit! Schau her, wie sie es mit mir treiben. Heute ich, morgen du! Hilf mir, Nachbar! Fahr sie alle nieder mit dem Traktor, fahr sie zusammen! Fahr du sie zusammen, ich schieß sie zusammen! Helfen wir zusammen! Erst kommt der Wald dran, dann kommt der Bauer dran. Die Kettensäge an meinem Baum sägt mir den Kopf vom Leib, spürst es, Nachbar! Dein Kopf ist mein Kopf. Helfen wir zusammen, Nachbar, gegen die aus der Stadt. Die aus der Stadt sind unser Tod. Die Stadt und das Land sind natürliche Feinde! Gott war ein Zimmermann, warum war Gott kein Bauer? Der Pfarrer segnet, was mich vierteilt. Hilf mir, Nachbar! Dein Leib ist mein Leib, mein Blut ist dein Blut, mein Fleisch ist dein Fleisch. Heut ich, morgen du. Hilf mir! Fahr sie zusammen!

SOHN Dich fahr ich zusammen, wenn du nicht weggehst. Wennst uns nicht weiterläßt. Dein Wald ist uns im Weg. Da wollen wir durch, da müssen wir durch. Das ist der kürzeste Weg für uns. Wir gehen in die Stadt, wir gehen zu den andern.

TOCHTER Durch müssen wir, da müssen wir durch, das ist der kürzeste Weg.

BAUER Wohin?

SOHN *(schreit)* Fort, fort, fort!

BAUER *(schreit)* Geht der Bauer fort, dann stirbt er dort. Geht der Bauer fort, dann stirbt er dort. Geht der Bauer fort, dann stirbt er dort.

SOHN Vom Strom? Alter Depp, alter. Für mich könnt es gar nicht genug Strom geben auf der Welt. Der Strom ist mein Freund, der Wald ist mein Feind. Mit dem Strom kommt die Freiheit, und im Wald arbeit ich mich tot.

TOCHTER *(schreit)* Wenns Atom kommt, braucht keiner mehr arbeiten. Mit dem Strom kommt das Atom. Mit dem Strom kommt das Atom.

BAUER *(schreit)* Wenn sich der Bauer nicht mehr wehrt, wird er entehrt. Wenn sich der Bauer nicht mehr wehrt, wird er entehrt. *(Sie schreien alle ihre Sprüche durcheinander.)*

(Plötzlich läßt ein Arbeiter die Motorsäge an, er legt sie am ersten Baum an, und der Bauer schießt um sich, verzweifelt, schreit. Er wird sofort gepackt, gebändigt, in eine Zwangsjacke gesteckt, hilflos gefesselt schaut er schreiend zu, wie seine Bäume nacheinander fallen. Einer trifft ihn, wirft ihn um.)

SOHN Das geht uns nichts mehr an, weil der ist blöd und wir fahren weiter.

TOCHTER Wir fahren weiter, weiter, weiter. *(Der Weg ist nun frei, sie geben Gas und fahren weg.)*

Zeichen am Weg II

An einem Gebäude steht das Schild: Arbeitsamt. Davor ein Mensch. Die Geschwister kommen angefahren, halten an, schauen ihn an.

MENSCH Ich habe heute den Entschluß gefaßt, eine Verbrennung an mir vorzunehmen, die unwiderruflich zu meinem Tod führen muß. Nichts möchte ich von mir übriggelassen wissen als meine schreiende Asche. Sie soll in meiner Heimatstadt in die Donau geschüttet werden, damit mein Schrei durch alle Länder bis ins Schwarze Meer rinnt. Ich brenne aus Protest. Ich wollte für meine Familie sorgen, aber sie lassen mich nicht, gar nichts lassen sie mich, nur brennen müssen sie mich lassen, dagegen sind sie machtlos. Ich habe meine Arbeit geliebt. Ich habe meine Arbeit mehr geliebt als mich selbst. Ich war meine Arbeit. Ohne meine Arbeit bin ich nur ein Schrei. Diesen Schrei zünde ich an. Mit meiner Arbeit habe ich meine Familie verloren. Meine Frau verachtet mich, und die Kinder sagen nicht mehr Vater zu mir. Der mir meine Arbeit genommen hat, der ist mein Feind. Da mein Feind unsichtbar ist, wird ihn mein brennender Schrei verfolgen; denn ich besitze keine Schuld, die mein Feuer löschen könnte. Wenn ich tot bin, wird mich meine Familie wieder achten. Denn ich bin mager geworden und habe mir das Benzin vom Munde abgespart.

SOHN Sei froh, die Magern brennen besser. Und brennen tust du, weil du ein fauler Hund gewesen sein wirst. Deswegen wird man dich hinausgeschmissen haben. Dich tät ich auch hinausschmeißen. Das sieht man dir an; wer arbeiten will, der findet auch eine Arbeit; in der Stadt hat jeder eine Arbeit, der arbeiten will.

MENSCH Faulheit war mir schon von Kindheit an unbekannt. Seit ich mich erinnern kann, habe ich gearbeitet. Ich war nicht zu faul zum Arbeiten, so wie ich nicht zu faul zum Sterben bin; auch das braucht seine Mühe. Die Stadt hat keine Arbeit für dich. Schau mich an, ich verlasse die Stadt mit einem brennenden Schrei; geh nicht hinein, kehr um.

SOHN Die Stadt wird für mich eine Arbeit haben, denn ich bin stark wie ein Bär; wenn man dir ein Blatt auflädt, gehst du keuchend in die Knie, ich trage 5 Ochsen von der Weide zum Metzger.

MENSCH Auch ich trug 5 Ochsen; aber seit es eine Maschine gibt, die 50 Ochsen trägt, habe ich keine Arbeit mehr. Deshalb soll mein Brennen das Land anzünden. Es ist der letzte Zustand einer vernichteten Existenz. Mein brennender Schrei soll die Stadt einäschern. Ich hasse sie. *(Er zündet sich an.)*

SOHN Weiter, weiter. Wir müssen weiter und dürfen uns nicht aufhalten lassen; das gilt nicht, was der sagt; für uns gilt das nicht. Der ist am Ende und wir fangen an. Ich hab das Mark in den Knochen und der das Benzin am Leib. Der war nie in der Stadt, der lügt. *(Der Brennende richtet sich noch einige Male schreiend auf, dann fällt er.)*

TOCHTER Weiter, der brennt uns gut, der zeigt uns den Weg; da können wir die Scheinwerfer ausschalten, da sparen wir die Batterie. Hallo Stadt, wir kommen! Mit einem großen Licht. *(Sie fahren schnell weiter.)*

Zeichen am Weg III

Die Geschwister fahren dahin. Plötzlich springt jemand in das Scheinwerferlicht des Traktors und hält sie an. Er spricht gehetzt und leise.

MANN Nehmt mich mit. Ich habe eine wichtige Fracht, die eilig in die Stadt gelangen muß. Die Stadt bedarf ihrer wie das Reiskorn des Wassers. In meinem Gepäck habe ich ein Buch und eine Handgranate. Beider bedarf die Stadt wie das Reiskorn des Wassers. Die Stadt erhebt den Kopf und beginnt zu denken. Die Hände der Stadt beginnen Steine zu sammeln. Die Stadt braucht Gedichte, Gedanken und Sprengstoff. Ich bin ihr Lieferant. Nimm mich mit. Morgen kann es soweit sein, ich darf nicht zu spät kommen, denn ich bin wie das Wasser für das Reiskorn. Lies dieses Buch und wirf diese Handgranate. In beiden ist das Wasser, welches das Reiskorn braucht. Paß auf! Wir sind die Söhne gnadenloser Zeit. Wir spielen nicht mehr mit den Ackerkrumen, sie mischen sich in unser graues Kleid. Sie erden unser frühes Leid. Wir weinen keine Träne mehr, wer weint, vergeudet seine gute Zeit. Wir lieben nicht, verschließen keinen Mund, wir zeugen nicht, wir sammeln Blei in unseren Lenden. Die Waffe ist der Weltatlas, mit der wir unsere Heimat suchen. Wir pflegen keine Gräber, man schießt uns sonst wie Hunde tot. Wir sind die Söhne heimatloser Zeit. Uns ist der Widerstand geboren; ihn pflegen wir, ihm dienen wir, ihn zeugen wir. Vertriebene einer gnadenlosen Heimat sind wir, menschliche Waffen, die heimkehren, wenn man sie nicht erwartet. Wenn es dunkel wird, buchstabiere ich mir dieses Gebet:

Die Stadt schläft,
lege ich ihr die Handgranate unter den Kopf.
Einmal wird sie losgehen.

Nehmt mich mit, ich habe dringendes Gepäck, für die Stadt. Wir wollen in Gärten gehen, wo blutige Rosen stehen, die wollen wir streicheln. Wir haben viele verloren, mehr wachsen nach. Würf uns ein Flugzeug die Herzen herab unserer Toten, wir zögen Gräber wie Ackerfurchen durch den weinenden Boden der Heimat; aber sie braten die Herzen unserer Toten und essen sie auf weißen Tellern; einmal werden wir ihr Blut trinken, werden wir ihre Herzen rösten; und ihre abgeschlagenen Schädel beschmieren wir mit Kot, und mit Urin nässen wir ihre abgeschnittenen Haare. Nehmt mich mit, ich habe dringendes Gepäck für die Stadt. Es kann jeden Augenblick losgehen.

TOCHTER *(leise)* Weiter. Fahr weiter, das geht uns nichts an. Das geht uns gar nichts an. Die, von denen der redet, die haben uns nichts getan. Das sind ganz andere, die wo der meint. Weiter, weiter.

SOHN Weiter, weiter. Weil das ist alles gelogen, das ist alles nicht wahr. Weiter, weiter. *(Zu dem im Scheinwerferlicht Stehenden)* Geh weg, sonst fahr ich dich zusammen! Geh weg, spring auf die Seite, sonst bist tot. *(Er gibt Gas.)*

MENSCH *(schreit beim Wegspringen)* Wir kämpfen für die nationale Befreiung unserer Heimat, wir kämpfen für dich.

SOHN *(schreit)* Heimat ist Scheiße.

TOCHTER Heimat ist Scheiße. *(Sie fahren weiter.)*

Zeichen am Weg IV

Sie kommen zu einem Zeugen, der vier Hunde an einer Leine hat und von denen fast fortgerissen wird.

ZEUGE Ich sage schlicht und einfach: Wenn es einen Schöpfer gibt, und wie kann der Mensch den Schöpfer leugnen, *(lacht)* wird er dem sogenannten Menschen keinen Zentimeter mehr Recht einräumen als dem kleinsten seiner Tiere. Die größte Erfindung des Menschen wird ihn keine Sekunde darüber nachdenken lassen, ob wir mehr Recht haben sollen als ein Igel. Ein Igel. *(Laut, verbissen)* Wenn es ihn gibt, dann wird er in den Maßstäben der radikalen Liebe UND der radikalen Gleichgültigkeit urteilen. Radikal lieben *(unwirsch)*: Wir sind alle seine Kinder. Radikal gleichgültig: Wir können ihn alle am Arsch lecken. *(Nickt)* Die Kompositionen von Mozart werden ihn nicht interessieren. Er wird sie sich nicht anhören. Mozart und die Mondflüge werden ihn am Arsch lecken können. *(Leiser)* Er wird die Literatur nicht kennen. Keine. Die morgenländische nicht und die von uns erst recht nicht. Scheißen wird er drauf. *(Laut)* Das kennt er doch alles schon, Musik und Literatur, das kennt er alles. Für uns ist wichtig, daß ihn nichts interessieren wird. Gar nichts. Wir werden ihm vollkommen gleichgültig sein, gleichgültiger als die Bewegungen einer Raupe am nächsten Blatt. Der Schöpfer ist ein Egoist. Er liebt, was ER geschaffen hat, und verachtet uns und unsere »Schöpfungen«. *(Laut, böse)* Dieser Hund ist mir beim Arsch lieber als alle Menschen beim Gsicht. Er ist edel, treu und gut. Der Mensch ist ein Schwein. So habe ich ihn jedenfalls kennengelernt. Basta. Der Schöpfer wird seine Schöpfung wiedersehen wollen und nicht die unsere. *(Böse)* Die unsere wird er wegblasen, da werden sich einige Damen und Herrn ganz schön wundern. *(Nickt)* Nichts, was der Mensch geschaffen hat, wird ihm vor Gott etwas nützen. Denn seine Gleichgültigkeit wird alles zermalmen. Der Mensch, das ist für ihn eine Rasse wie die andern auch. Alle andern. Meine Hunde haben Flöhe. Ich lasse sie. Die Erde ist der Hund, wir sind die Flöhe. Gott wird ein Spray nehmen und pfft. Recht hat er. Ich hasse die Menschen. Fahren Sie weiter mit ihrem gottverdammten Traktor und verpesten Sie nicht die Luft, die übrig bleibt. Wie Hitler die Juden, so wird uns Gott zusammen fassen und vernichten. Wir haben seine Schöpfung zerstört. Jeder Hobbymaler liebt seine Bilder. Wenn die einer anrührt! Ich sage deshalb: Am jüngsten Tag wird Gott als erstes alle Atombomben zünden, die wir erfunden haben. Das wird das erste sein, was er tut. Ausrotten wird er uns. Vollkommen ausrotten. Aber wer ein Tier hat, das für ihn zeugt, der kriegt von ihm einen Strahlenanzug und überlebt und kommt dann mit in den Himmel. Gott wird vollkommen lieben, aus der vollkommenen Gleichgültigkeit heraus. Verstehen Sie mich? Gehen Sie mir aus dem Weg, sonst laß ich die Hunde los, verschwindet hier, hier ist ein Part, hier ist Autofahren verboten, haut ab, ihr Bestien, verschwindet, oder ich laß die Hunde los. *(Tut es)* Faß!

TOCHTER Weida, weida, des gäd ins nix o, weida weida, eine ind Schdod, zu den Menschn, zu de Menschn, i wui Menschn, Menschn seng, gib Gas!

SOHN *(jagt den Motor hoch und fährt weiter)* Menschn, de Menschn, de co denga wia mia. Hallo, mia kemman, mir san do!

Zeichen am Weg V

Eine Frau steht da, hält einen Säugling an ihre Brust, aber sie hat keine Brüste mehr; dort, wo die Brüste waren, sind kreisrunde blutende Wunden. Herausgebissen das Fleisch, schon lang. Der Säugling, verhungernd, schleckt an den blutigen offenen Wunden. Die Frau schweigt, steht da, läßt den Säugling gewähren. Die Geschwister kommen an, sehen die Frau, halten kurz an, schauen unsicher und fahren dann ziemlich rasch wieder weg. Beim Wegfahren schauen beide noch lange zurück zu der zurückbleibenden stummen Frau und dem Säugling.

Dritter Akt

1. Szene

In einem Appartement, Rohbau, mit Balkon und Blick auf eine große weite Stadt.

SOHN Ich habe den Traktor gegen den Luxus gewechselt.

TOCHTER *(lacht)*

SOHN Ich habe gesagt zu dir: Laß mich nur machen. *(Kleine Pause, sehr ehrlich)* Schön ists, gell? Das ist so schön, daß man es nicht glauben kann, daß wir da sind. *(Er geht vorsichtig auf den Balkon.)* Eine Insel in der Luft, die kann sogar betreten werden, worauf der kluge Mann besteht.

TOCHTER Trau mich nicht. *(Lacht, macht einen Schritt, dann laut)* Ich trau mich schon.

SOHN *(nimmt sie an die Hand, sie tänzeln wie auf einem Seil.)* Hält schon. *(Sie halten sich am Geländer fest und starren in die Weite.)* Jetzt sind wir da, wo wir hingehören, jetzt hat das Elend ein Ende, jetzt geht das Leben an. Wirst schon sehen, was ich dir sag. *(Kleine Pause, sie schauen.)* Die Stadt läßt uns grüßen, grüßen wir zurück.

TOCHTER Hallo! Siehst uns. Da sind wir. Wir sind da, jetzt gehts Leben an. Hallo! *(Sie winkt. Sie gehen zurück ins Zimmer, er zieht Euro-Schecks aus der Tasche.)*

SOHN Die muß man unterschreiben, dann kann man alles kaufen, was man will.

TOCHTER Alles kaufen.

SOHN Schau her, jetzt zeig ich es dir. *(Er unterschreibt.)* So, und jetzt du.

TOCHTER *(unterschreibt)* Die Welt ist mein Gewinn.

SOHN Was?

TOCHTER Die Welt ist mein Gewinn.

SOHN Das Spiel der Spiele.

TOCHTER *(nickt, konzentriert sich)* Kann Sahne schlagen, kann Fleisch schnetzeln, Pommes frites mit Kraftknopf.

SOHN *(weiß es nicht)*

TOCHTER *(schnell überlegend)* Der Alleskönner von Mulinex, Mulimat Elektronik, einer für alle.

SOHN *(nickt, ebenfalls schnell)* Wie kann jemand einen Vorteil gegenüber andern haben.

TOCHTER Ich rasier mich mit der Gilette-Kontur.

SOHN *(nickt, denkt nach)* Die zuschaltbare Freiheit.

TOCHTER *(weiß es nicht)*

SOHN *(rasch)* Entdecken, verlieben, abfahren. Sie kaufen die schönste Form der Technik, die Freiheit.

TOCHTER Auto.

SOHN *(nickt)* Der neue Alfa 33 Allrad, der Alfa-Spider, Alfa-Romeo empfiehlt Agip.

TOCHTER Eigentlich sehe ich ganz gut aus, nur diese fettige, unreine ...

SOHN Clerasil.

TOCHTER Nach dem Schulabschluß bei der Verlobung ...

SOHN Volksbanken und Raiffeisenkassen, wir bieten mehr als Geld und Zinsen.

TOCHTER Mein Hund heißt Kondor.

SOHN Frolic, Frolic. Einen Hund brauchen wir auch.

TOCHTER Und der Regen verrinnt nutzlos im Boden.

SOHN *(weiß es nicht)*

TOCHTER Und der Regen verrinnt nutzlos im Boden. Ohne Mineralien kann er ...

SOHN Genau.

TOCHTER Kann er die Feuchtigkeit nicht speichern. Belsane-vita-Mineralcreme.

SOHN *(nickt)* Jetzt komm ich wieder. Kein Vergleich mit alten Amis.

TOCHTER Chrysler-Cabriolet.

SOHN Mistvieh. Genau. Das 84er Chrysler-Cabriolet Le Baron, der elegante Gleiter braucht mit der ruckfreien Automatik verschwindend wenig Benzin. Chrysler-Cooperation USA. *(Er schaut sie triumphierend an, dann lächelt er, singt.)* An ... ist was Leichtes dran, es schmeckt und steckt zum Knuspern an.

TOCHTER *(lacht)* Duplo, Duplo, Duplo.

SOHN Mittendrin feines Fischfilet.

TOCHTER Fischmäc.

SOHN Männer bleiben cool.
TOCHTER Dany Moschus.
SOHN *(nickt)*
TOCHTER Ich wieder. Er braucht dringend neue Windeln.
SOHN Pampers.
TOCHTER Für die Haut ab 30.
SOHN Jade hautaktiv.
TOCHTER Guten Abend, ich bin Ulrike Meyfarth.
SOHN Strumpfhose, Strumpfhose.
TOCHTER *(nickt)* Soflan von Nur Die.
SOHN *(deutlich)* His office is like his car.
TOCHTER Immer Auto.
SOHN Er hat ein 150 qm großes Büro und einen vier Meter langen Schreibtisch. Er sagt: Mach, was du willst. Wenn du es wirklich willst, dann machst du es auch gut. Und wenn du es gut machst, stimmt auch das Geld. Schau mich an.
TOCHTER *(schaut ihn an)*
SOHN *(leiser, sehnsüchtiger)* Am Steuer seiner Corvette hat einer die Zukunft im Griff. *(Pause, er schnauft, nickt.)* Was heute ein Spiel ist, das ist morgen die Wirklichkeit. *(Kleine Pause, er schaut sie an.)* Was tust?
TOCHTER *(leise)* Horchen.
SOHN *(lächelt)* Ich auch
(Große Pause, sie horchen.)
TOCHTER Was hörst du? Jetzt! Jetzt! Jetzt! *(Verschiedene Stadtgeräusche)* Hörst du das?
SOHN Freilich.
TOCHTER Weißt du, was das ist?
SOHN Nein. Still! *(Er horcht.)*
TOCHTER Auskennen muß man sich. Die U-Bahn plärrt.
SOHN Die hört man nicht.
TOCHTER Ich schon.
SOHN Nicht hört man sie.
TOCHTER Wupwupwupwupwupwupwup. Wie eine Trommel; und dann wackelt der Boden. Wupwupwupwupwup.
SOHN *(horcht angestrengt)* Hör nichts.
TOCHTER Jetzt nicht mehr. Ist schon weiter, der Maulwurf. *(Sie horchen weiter.)*
SOHN Ich hör auch etwas.

TOCHTER Auto.

SOHN Mehr, mehr.

TOCHTER Menschen.

SOHN Ich hör noch mehr.

TOCHTER Musik. Bambambambambam.

SOHN *(nickt, lächelt)* In dieses Lokal gehen wir auch noch. Du mußt es nur erwarten können. *(Sie lächeln und horchen weiter.)*

TOCHTER Noch was?

SOHN Viel! Ich hör viel! Grrsuppgrrsupp, grrsuppluppglupp, chrrup. *(Verschiedene Geräusche, die er imitiert)*

TOCHTER *(macht seine Geräusche lächelnd nach)* Grrsuppgrrsupp, gruppsupp.

SOHN Drrmpfdrrmpfmpf.

TOCHTER Hör ich auch!

SOHN *(nickt)* Genau. Grrsprrspgrrsp. Was ist das?

TOCHTER Weiß nicht.

SOHN *(triumphierend)* Am Güterbahnhof verschieben sie die Waggons.

(Große Pause. Sie horchen sehr lange den verschiedenen Geräuschen nach.)

TOCHTER *(leise)* Die Stadt selber ist still.

SOHN Laut.

TOCHTER Laut schon, aber still auch. *(Kleine Pause)* Hörst du die Stadt? Die Stadt selber, mein ich?

SOHN *(horcht)*

TOCHTER Hörst du sie?

SOHN Nein. *(Sie horchen weiter.)*

SOHN Hörst du das?

TOCHTER Was? *(Sie horcht.)*

SOHN *(intensiv horchend)* Das sind sie. Die sind da. Hörst du sie?

TOCHTER Nichts ist da.

SOHN Das sind sie, das sind sie. *(Er macht sehr leise und zart einen Kälberschrei nach.)*

TOCHTER *(schaut ihn an, horcht, nickt)*

SOHN *(macht sehr lange zarte, leise Kälberschreie nach)*

TOCHTER *(nickt stärker)* Am Güterbahnhof verschiebens Viehwaggon.

SOHN *(nickt, lächelt, plärrt den Viehschrei in die Nacht hinaus.)*

2. Szene

Sohn und Tochter essen aus Büchsen Hundefutter. Es schmeckt ihnen.

TOCHTER *(fröhlich)* Je mehrer daß ich denke, umso schwerer werden meine Gedanken. Und sie passen nirgends mehr hinein. *(Lächelt, denkt nach, macht eine tänzerische Bewegung und wiederholt)* Je mehrer daß ich denke, umso schwerer werden meine Gedanken und passen nirgends mehr hinein. *(Kleine Pause)* In diese Gedanken schließe ich meinen Neid hinein, der wo eine Wut hat auf meine Entwicklung. *(Sie lacht.)* Weil ich ihm enteile. *(Nickt und ißt)* Meine Heimat ist das Leben. *(Nickt und wiederholt)* Meine Heimat ißt das Leben.

SOHN *(beim Essen)* Da soll ein Kamelfleisch drin sein. Hauptsächlich Kamelfleisch. Drum kann man es essen. Du brauchst dir nichts denken, das essen alle. Das kann man gut essen; und eine Kraft gibt es auch; und bellen tust du danach auch nicht, sagt man. Brauchst keine Angst haben.

TOCHTER *(lacht)* Wie kommt ein Kamel da hinein?

SOHN Das ist ein langer Weg, weil ich den weiß. Das Kamel war ein stolzes Tier, aber es hat einen Fehler gemacht: Es war nicht so stolz wie der Mensch und es hat sich abrichten lassen. Es war die Zierde und der Stolz von den Scheichs. Je mehrer Kamele der Scheich gehabt hat, umso reicher war er, umso mehr Weiber hat er haben können und umso mehr Kinder und umso mehr Ansehen hat er gehabt. Das Kamel war wer und gut ist es ihm gegangen. Das Kamel hat alles durch die Wüste geschleppt und das war wichtig. Freilich ist es auch oft geschlagen worden und es hat nichts zum fressen gehabt und es hat nichts zum saufen gehabt; und es war unglücklich. Aber es war notwendig. Es war sehr notwendig. Man hat es gehaut und geschunden, aber man hat es gebraucht. Das war sein Glück. *(Kleine Pause)* Das Wüstenschiff. Das war sein Glück. Es war unersetzlich. Obwohl es viel hat arbeiten müssen, war es wer! *(Kleine Pause, er lacht.)* Es war wer, weil es hat viel arbeiten müssen, weil man es gebraucht hat, Jahrhunderte lang. Es hat was gelernt, es hat einen hohen Preis gehabt. Man hat es deswegen pflegen müssen. *(Kleine Pause)* Das Kamel hat es sehr schön gehabt.

TOCHTER Aber jetzt, wo man es frißt, nicht mehr.

SOHN Genau. Weil dann ist das Lastauto gekommen und das war der Tod vom Kamel. Das Lastauto war sein Untergang. Alles, was über Jahrhunderte im Kamel für den Menschen versammelt worden ist, daß es ihm hilft, was gezüchtet worden ist, was man in sein Hirn hineingetan hat, das war plötzlich nicht mehr notwendig. Wer nicht mehr notwendig ist, der stirbt aus. Das ist das Geheimnis. Und wenn man es jetzt noch züchtet, dann lernt man ihm nichts; dann braucht es nichts mehr durch die Wüste tragen. Es sieht seine Wüste gar nicht mehr. Es ist in einem Stall in irgendeinem Betonhaus. Vielleicht sieht es nicht einmal den Himmel und die Nacht. Es spürt keinen Wind und kein Wetter, geschweige die Weite von der Wüste, den Wüstenwind und die Oase. Es wird aufgezogen, und es spürt nichts, es sieht nichts und es lernt nichts. Wenn es groß genug ist, geht es einen unterirdischen Gang vom Stall zum Schlachthof. Und dann kriegt es einen Tritt und noch einen, wenn es sich beim Sterben blöd anstellt und nicht so hinstellt, wie der Schußapparat es braucht. Dann hängt ihm das Maul herunter, weil es so nervös ist, und man sieht in das Maul ganz weit hinein. Und in dem Maul gluckert es; aber das nützt nichts. Der Schußapparat schießt hinein in das Kamel, und dann steht es und schüttelt sich, der ganze Pelz schüttelt sich, und dann fällt es auf den Beton; und wenn es sich etwas bricht, dann hat der Metzger mehr Fieselarbeit und dann schlägt er noch einmal drauf auf das tote Kamel aus lauter Wut.

TOCHTER Woher weißt du das?

SOHN Das hat mir einer erzählt im Schlachthof.

TOCHTER Werden da im Schlachthof Kamele geschlachtet?

SOHN Nein, bei uns nicht. Aber in Ägypten, da soll das sein.

TOCHTER Kommen die Büchsen aus Ägypten?

SOHN Nicht die Büchsen, aber das Fleisch. *(Er lacht und ißt.)*

TOCHTER Und was wird bei uns geschlachtet?

SOHN *(nach einer Pause, leiser)* Ochsen, Kälber, Kühe, Pferde, viele Pferde. Das geht von der Früh bis in die Nacht. Das ist ein unendlicher Strom von Viechern, die wo verrecken. Aber

Kamele, Kamele hab ich noch nicht gesehen. *(Pause)* In der Stadt ist das Leben ein großes Sterben. Da ist nichts dazwischen. Die Stadt reitet das Leben zuschanden. *(Kleine Pause, leiser)* Ich will heim. Ich möchte so gern heim.

TOCHTER Heimweh gilt nicht!

SOHN Bestimmt nicht. *(Kleine Pause)* Ich möchte aber trotzdem heim.

TOCHTER Ich könnt schon speien, wenn ich bloß an daheim denk!

SOHN Ich nicht.

TOCHTER Ich schon. Soll ich speien. Ich brauch bloß an daheim denken, dann könnt ich schon speien. *(Sie lachen beide, weil die Tochter so tut, als ob sie speien müßte. Dann ernst, fest)* Daheim ist der Tod und sonst nichts.

SOHN Aber in der Stadt haben sie keine Arbeit für mich. Die schauen mich nur an. Die sagen, ich hab einen Vogel, wenn ich wegen einer Arbeit frag. Die haben selber keine, für sich selber keine. Wir sind von auswärts. Wir kommen erst am Schluß dran. Wann der Schluß ist, weiß keiner. Wir sitzen da und warten. Die Zeit vergeht und wir sind da und tun nichts, weil sie uns nicht lassen. Die lassen mich nicht. Das Geld für den Traktor vergeht. Die Bank schickt uns Hinweise, daß wir auf die Vordrucke keine Zahlen mehr schreiben dürfen. Aber die Heimat hat auch keine Postleitzahl mehr. Kann sein, sie sagen: daß auch die Heimat aufgefressen worden ist. Nicht mehr auffindbar, nicht mehr auffindbar.

TOCHTER Daheim ist der Tod. *(Große Pause)*

SOHN Wenns uns noch einmal packt, das Heimweh, dann schwören wir uns, daß wir es schnell vergessen. *(Pause)* Bloß, wenn man es gar nicht vergessen kann, dann macht man eine Ausnahme.

TOCHTER Wirst still sein. Haben wir nicht gesagt: Nie werden wir sagen, wir wollen heim? Nie und nirgends.

SOHN Wenn ich es aber nicht vergessen kann? *(Pause)* Ich will nicht. *(Er schüttelt den Kopf.)* Ich will nicht heim, ich will nicht heim, ich will nicht! Dieses ist bloß eine vorübergehende Schwächung des Herzens. Daheim ist nicht mehr daheim. *(Deutlich)* Aber die Stadt ist voll. Das hätten wir wissen müssen. Die Stadt ist voll.

TOCHTER Aber die Stadt ist das Leben und das Land ist der Tod.

SOHN Die Stadt ist voll.

TOCHTER *(schreit)* Daheim wär ich erstickt.

SOHN Ich auch.

(Lange Pause, und dann das lange, zärtliche Schleppen ineinander verkrümmt, in der Fremde, der Einsamkeit, der Verzweiflung, das Trösten, das körperliche Berühren des Tröstens, wie Orang-Utans im Zoo, in der Enge hinter Gittern. Das dauert lange.)

3. Szene

SOHN Wo bist du gewesen?

TOCHTER Draußen. *(Kleine Pause, hell)* Draußen, draußen.

SOHN Hab ich nicht gesagt, daß du daheimbleiben mußt? Hab ich nicht gesagt, daß ich dich nicht hinauslasse? Hab ich dir nicht gesagt, daß du nicht hinunter darfst? Weil du ein Weib bist, weil du keinen Schleier hast! Weil die Stadt dich auffrißt und dir unter den Rock langt, wennst hinausgehst. Hab ich nicht gesagt, daß du daheimbleiben mußt? Weil ich alles machen muß. Draußen, alles, weil das der Mann machen muß, weil ich der Mann bin.

TOCHTER Ich geh aber schon lang; und jeden Tag geh ich weiter. Und passiert ist mir noch nichts.

SOHN Das merkst du nicht, das merkst du gar nicht. Wir sind nicht daheim, da ist alles anders. Die Stadt darf dir keine Falte ins Gesicht graben! Und sie darf nie deine Zähne sehen, wenn du lachst. Nichts darf die Stadt sehen von dir! Dich geb ich der Stadt nicht. Du gehörst mir. Du bist das Letzte, was ich hab von daheim. Dich bewach ich. Dich nimmt mir keiner! Dich behalt ich mir. Dich heb ich mir auf. Du bist das Letzte. Du kommst zum Schluß dran.

TOCHTER Ich war aber schon weit.

SOHN Und du hast wieder zurückgefunden?

TOCHTER Ich war schon sehr weit und ich hab immer zurückgefunden.

SOHN Drum gehst jetzt nicht mehr fort. Nie mehr. Erst wenn ich mit dir geh. Wenn ich dir sag: Jetzt ist es soweit; dann steht unten ein Auto und das hat Vorhänge und da setzt du dich hinein und dann darfst auch herausblinzeln, aber so, daß man dich nicht sieht. *(Er hält ihr Gesicht fest.)* Mich hat die Stadt schon angefressen, aber dich kriegt die Stadt nicht. Dich behalt ich mir. Wenn ich mich im Spiegel nicht mehr erkenn, dann stell ich dich neben mich und schau dich an, und deine Augen; und dann weiß ich es an dir: ich bins. Niemand als wie mich schaut die Schwester so an. Dich behalt ich mir. *(Er nickt. Pause)* Du darfst jetzt nicht mehr hinaus, bis ich es dir sag, bis ich ihn dir bring und ihn dir vorstell. Und dir sag: das ist er! Und der, den wo ich mein, der nimmt dich bloß, wenn du sauber bist, ganz sauber. Und keine Sonne und kein Frost haben dich angegriffen; und kein Aug hat dich getroffen und keine Hand hat dich gedrückt. *(Leise)* Ich bin dein Bruder und ich muß aufpassen, daß das so ist, genau so; weil wir sind in der Stadt, da ist alles anders. Alles ganz anders.

(Im Folgenden ritualisiert er sie. Sie muß sich hinsetzen, dann wird sie verschleiert, aber übertrieben: Sie wird von vielen Kleidern, Tüchern zugedeckt, vollkommen. Die Ohren können ihr mit einem nicht angeschlossenen Kopfhörer verschlossen werden. In die eine Hand kriegt sie einen Rosenkranz und in die andere irgend etwas zum Putzen. Wenn das fertig ist, errichtet er um sie herum einen Kreis, eine Grenze.)

SOHN Hörst du mich? Siehst du mich? Spürst du etwas? *(Kleine Pause, sie reagiert nicht.)* Dann ist es gut, so muß es sein; weil ich hab etwas, ich hab etwas bloß für mich, bloß für mich. Das muß sein. *(Er geht zum Video, legt eine Kassette ein, setzt sich still davor und schaut sich irgendeinen Porno an. Im Hintergrund hört man sie beten.)*

4. Szene

SOHN *(kommt aufgeregt an. Er hat zwei Frischhaltebeutel in den Händen, ruft der Tochter zu:)* Darfst raus, darfst raus, weil wir eine Arbeit haben. Darfst heraus. *(Er schüttet aus den Frischhaltebeuteln frische Erde auf den Tisch, triumphierend.)* Ich hab eine Erde gefunden, eine Erde. Ich hab ein Loch, da schau, was ich heimbring, schau, Augen auf. Mein steter Schritt war zielgerichtet und jetzt bin ich groggy, total niedergemäht. *(Fällt aufs Bett)* Ich habe es mir immer gedacht: Das gibts doch nicht, das kann es doch nicht geben, die müssen doch irgendwo einen Fleck vergessen haben, die können doch nicht alles überzogen haben mit Teer und Beton. Und wenn man etwas Grünes sieht, dann ist es hinter einem Zaun, wo ein Hund und ein Wächter einen vertreiben. Ich hab es mir immer denkt, es muß eine Möglichkeit geben, es muß! *(Kleine Pause, er schaut begeistert auf den Tisch.)* Da liegts, schau her, was da liegt. Ich hab eine Stelle, so groß wie ein Loch für einen Menschen; die deck ich am Tag zu mit einem Pappendeckel, damit meine Bodenquelle kein anderer findet. Da, wo der Beton auf den Beton trifft, da wirft er Adern. Die Adern gehen durch die ganze Stadt. Die drücken gegenseitig aufeinander, bis sie Blasen werfen. Und die Blasen springen auf und dann gibts Löcher. Ich hab eines gefunden, und wieder eins, und noch viele. Aber drunter ist kein Boden, da sind Steine, da ist Dreck, da ist Abfall, Dreck und Wasserlachen; gräßlich, und kein Boden drunter. Dann bin ich mit einem Stock gegangen, wie ein Blinder, und hab auf den Teer und auf den Beton gestoßen, so, daß ich was hör, ob etwas drunter ist, eine Bodenquelle. Und daß die Leut nicht sagen, was tut denn der da, hab ich einen Blinden gespielt und digdong, digdong, digdong, immer wieder. So lang, bis ich es gehört hab. Jetzt hab ich es, eine Stund von uns weg, da ist so ein Loch. Erst hab ich auch durch den Dreck durchmüssen und den hab ich weit weggetragen von meinem Loch, damit keiner es sieht und keiner fragt: Was grabt denn der da die ganze Zeit; und dann ist sie gekommen. Schau sie dir an! Das ist eine bessere Erde wie auf unserer Weizenwiese. Die ist viel besser. Und jetzt kann ich von unten her die ganze Stadt umgraben, durchgraben von unten her; durch die Straßen durch, da zieh ich meine Gräben. Und wenn oben rot ist an der Ampel, dann kann ich unter der Straße durch und keiner fahrt mich zusammen; und jeden Tag bring ich jetzt zwei solche Taschen voll mit heim. Und dann bauen wir hier etwas an. Weil, merkst du etwas?

TOCHTER Was?

SOHN Das Wasser, das Wasser, das läuft einfach. Hast du das schon erwarten können, daß das aufhört? *(Leiser, geheimnisvoller)* Das Wasser können sie nicht kontrollieren. Da tun sie sich schwer. Deswegen können wir Beete anlegen. Und wassern können wir und gießen können wir soviel wir wollen. Und dann wächst da ein Gemüse, und dann wächst da ein Viehfutter, weil Tiere schlepp ich auch herein. Hasen, Hasen müssen her, ein paar Hasen. Kartoffeln, Gemüse, Hasen und eine Geiß, unbedingt eine Geiß. *(Sehr erschöpft, beinahe krank)* Und dann muß ich nicht mehr hinaus, dann kann ich bei dir bleiben und warten. Dann kann ich warten. In der Stadt hat mir einer gesagt, der wo es wissen muß: In der Stadt muß man warten können, da muß man lang warten können. Wer das kann, der kommt am Ende dran. Das ist klar. Wenn alle andern umgefallen sind und verreckt, dann kommen die dran, wo übrig sind. Und zu denen gehör ich dann. *(Er schläft total erschöpft ein.)*

5. Szene

Der Rohbau vollkommen verändert, wie eine kleine Hofstelle, bloß alles sehr klein. Überall, wo es möglich ist, liegt Erde, jeder Fleck ist ausgenutzt. Diese Veränderung nicht putzig, sondern streng archaisch, brutal.

TOCHTER *(rennt aufgeregt hin und her)* Es wächst nichts.

SOHN Die Erde ist besser wie auf der Weizenwiese.

TOCHTER Aber es wächst nichts an.

SOHN Zuviel Wasser.

TOCHTER Gestern zuwenig, heut zuviel.

SOHN *(nimmt die Erde in die Hand, quetscht sie)* Zuviel Wasser, zuviel Wasser!

TOCHTER Der Boden drunter zieht das Wasser und dann vermoost es drüber.

SOHN Löcher stechen, Drainagen anlegen, Löcher stechen, Drainagen anlegen, ablaufen lassen, neu anfangen.

TOCHTER Ich kann nicht mehr, ich kann nicht mehr. Laß mich in Ruh. Auf meinen Händen ist kein Segen. Ich kann nicht mehr.

SOHN Hast immer eine gute Hand gehabt für den Gemüsegarten, hast immer gehabt.

TOCHTER Hab ich gehabt, ja, ja, hab ich gehabt. Ist vorbei. In der Stadt ist alles anders.

SOHN Aber ich laß das letzte Paar Hasen nicht verrecken, ich laß sie nicht verrecken. Du bist für das Futter zuständig.

TOCHTER Ich hab keins, ich hab keins!

SOHN Kannst zuschaun, wie sie verhungern, die Viecher.

TOCHTER Ich hab nichts, ich hab nichts.

SOHN Mußt dich mehr anstrengen, immer anstrengen. In der Stadt muß man sich immer mehr anstrengen, dann geht es.

TOCHTER Streng mich mehr an, streng mich mehr an.

SOHN Dann gehts, dann gehts. *(Er schaut in die Ställe, sieht die tote Geiß. Schreit völlig fertig)* Die Geiß ist tot! Die Geiß ist tot. *(Wendet sich zur Tochter und schlägt diese nieder)*

6. Szene

Sie beginnt mit einer sehr großen Pause. Die Tochter, von den Prügeln etwas aufgeschwollen, sitzt still in einem Eck. Der Sohn starrt vor sich hin. Die Verwüstung, Unordnung in dem Rohbau wird immer chaotischer.

SOHN *(starrt auf das Kruzifix, schaut wieder weg, starrt wieder hin, dann leise)* Man kann seinen Herrgott überfahren, wenn er bei Rot über die Straße geht.

TOCHTER *(leise, böse)* Ist er nicht. Du hast das Kreuz absichtlich zusammengefahren.

SOHN Gott ist unsterblich.

TOCHTER Aber die Füße hast du ihm gebrochen.

SOHN Das hab ich nicht wollen.

TOCHTER Aber es war so.

(Lange Pause)

SOHN Dann stehl ich ihm einen Rollstuhl. Man kann ihn auch absichtlich überfahren, aber man darf ihm nicht untreu werden. Er braucht uns und wir brauchen ihn. Weil die Stadt hat einen anderen Herrgott, der mag uns nicht und der mag unseren Herrgott nicht, diese Sau. *(Er spuckt vom Balkon.)* Und wenn man den eigenen Herrgott überfahren hat, dann muß man ihm ein Opfer bringen, dann darf man ihm wieder vor die Augen kommen.

TOCHTER Mußt ihm was schießen, was schießen mußt ihm, daß er uns wieder gut ist.

SOHN In der Stadt kann man nichts schießen. Bloß auf Menschen und Hund; das ist unrein, das gilt nicht.

TOCHTER Nein, das gilt nicht, das gilt nicht, ich weiß. Du mußt hinaus aus der Stadt, hinaus in den Wald.

SOHN Hinaus aus der Stadt, hinaus aus der Stadt. *(Kleine Pause, schüttelt den Kopf)* Die Stadt hat kein Ende. Man kommt hinein, aber man kommt nicht mehr hinaus, wenn man drin ist.

TOCHTER Sind wir drin?

SOHN Wir sind soweit drin, daß wir nicht mehr hinauskommen.

TOCHTER *(laut)* Aber drin sind wir nicht. Ich schau vom Balkon und weiß, wir sind nicht drin.

SOHN Was du alles weißt. Wir sind in einem Haus drin, das zählt viel. Die andern kommen nie in ein Haus hinein; die liegen auf der Straße vor den Häusern mit den reichen Leuten und mit den leeren Zimmern, die wo bloß schön eingerichtet sind, die aber nicht betreten werden dürfen. Davor liegen sie, mit Kind und Kegel. Wenn sie sich zu lang machen, überfahren ihnen die Autos die Füße; und wenns mit dem Kopf weiter hinaufwollen, dann schlagen sie sich an der Hauswand vom Hausbesitzer blutig. *(Kleine Pause, leiser)* Auf der Straße liegt Menschenviech, Menschenviech. Aber weil man das Fleisch nicht fressen kann, kriegen sie keinen Stall und kein Futter; und weil man drauf nicht reiten kann, lernen sie nichts; und weil sie nicht brennen, sammelt man sie nicht. Weil man sie nicht braucht, nutzen sie nichts. Das ist das Geheimnis.

(Lange Pause)

SOHN Ich schlag eine Nische raus für den Herrgott, daß er einen Platz hat, wo man ihn hinstellen kann. Das ist man ihm schuldig. Ich zwing ihm einen eigenen Platz ab, das muß sein. Die Stadt nimmt uns alles, die löscht uns aus. Aber solang man einen Herrgott hat, geht man nicht unter. Wenn du brav bist, darfst du mir zuschaun.

TOCHTER Bin brav.

SOHN Na also. Wenn man dem Herrgott eine Treue hält, gibt es einen Segen, früher oder später, das ist sicher. Die Stadt vergibt das Leben an den Meistbietenden. *(Er schlägt wie ein Wahnsinniger in die Wand hinein mit einem Hammer oder sonst etwas und versucht, eine Nische in die Betonwand zu prügeln.)*

7. Szene

Spät in der Nacht, finster. Sohn hat sich beim Nische schlagen verwundet, ist erschöpft. Sie sitzen, um sich zu wärmen, eng zusammen. Sehr leise Szene.

SOHN Weißt jetzt du, wie die Großmutter mit dem Namen von der Mutterseite her geheißen hat?

TOCHTER Von den Hölzl kommt sie.

SOHN Das ist der Name vom Hof. Aber da hat sie ja bloß hineingeheiratet. Der Vater hat nicht mehr Hölzl geheißen, sondern Meier. Ich mein den Namen, den Geburtsnamen, nicht den Hofnamen. Verstehst das nicht?

TOCHTER Warum willst das wissen?

SOHN *(lauter)* Ja einer muß sich doch erinnern. *(Kleine Pause. Er zieht einen Zettel heraus.)* Ich hab es aufgeschrieben, soweit ich es weiß. Soll ich es vorlesen, daß man es vergleicht?

TOCHTER *(nickt)*

SOHN *(liest nun einen langen Stammbaum ab etwa 1730 vor, stockt dann und sagt:)* Und diese Linie, die weiß ich eben nicht. Die Linie, die hab ich vergessen. *(Kleine Pause)* Wie hat jetzt die Mutter von der Großmutter vom Namen von der Mutterseite her geheißen? Das möcht ich wissen. *(Große Pause, Tochter schaut ihn an.)*

TOCHTER Hast Heimweh heut. Gibs zu. Haltst dich nicht an das, was wir ausgemacht haben.

SOHN Deswegen weil man sich erinnert, wo man herkommt, braucht man noch kein Heimweh.

TOCHTER Doch.

(Pause)

SOHN *(leiser)* Die Stadt nimmt einem das Gesicht. Zuerst den Namen, dann die Sprache, dann das Gesicht. Da bleibt nichts, der Kopf wird zerquetscht.

TOCHTER So darfst nicht denken, das zieht das Unglück an.

SOHN In der Heimat sind wir wer gewesen. Jetzt sind wir niemand mehr. Wie heißt du?

TOCHTER *(schnell, verzweifelt)* Theres, Theres.

SOHN *(leiser)* Mich heißens bei den Arbeitslosen in der Großmarkthalle den Bauern; und wenn es ein paar Stunden eine Arbeit gibt, dann sag ich dem Lagervorsteher, damit er mich aufschreibt, daß ich auch ein Geld krieg, weil ich arbeit: Ich heiß Bauer.

TOCHTER *(laut)* Heißt nicht!

SOHN Reitmaringer mag er nicht schreiben, das ist ihm zu lang, Bauer ist leichter. Die Stadt mag uns nicht. Die Stadt mag meinen Namen nicht, die Stadt radiert ihn aus.

(Große Pause)

SOHN *(sehr leise)* Aber ich habe mich heute zur Wehr gesetzt. Soll ich es dir zeigen?

TOCHTER Ja.

SOHN *(schleppt einen Rollstuhl heran)* Was sagst jetzt?

TOCHTER Wo hast den Rollstuhl her?

SOHN *(schnell)* Gekauft.

TOCHTER Nein.

SOHN Gekauft.

TOCHTER Gestohlen.

SOHN Genommen.

TOCHTER Gestohlen.
SOHN Genommen, genommen, genommen.
(Pause)
TOCHTER Wem?
SOHN Niemand.
TOCHTER Wem? *(Sie zieht aus den Ecken des Rollstuhls ein Taschentuch oder einen anderen persönlichen Gegenstand heraus und hält ihn triumphierend in der Hand.)* Wem gestohlen? Wem gestohlen? Wem?
SOHN Der war schon tot.
TOCHTER War er nicht.
SOHN War er.
TOCHTER Nein.
(Pause)
SOHN *(leiser)* Ich habe unserem Gott ein Fahrzeug besorgt, weil das braucht er in der Stadt, damit er vorwärts kommt. Und ich habe die Welt von einem Krüppel befreit.
TOCHTER Hast ihn erschlagen?
SOHN Nein. Ich habe mich erboten, ihn eine steile Anhöhe hinaufzurollen; dann habe ich ihn weitergerollt. In die Einsamkeit der großen Warenhäuser, Warenlager und Großhändler. Dort wo das Dickicht der Trucks die Straßen unpassierbar macht, wo die Straße schreit und keinen Gehsteig hat, habe ich ihn auf die unpassierbare Straße gelegt, und die Trucks haben ihn in das Pflaster gegraben. Sein Grab und die großen Reifen tragen ihn in die weite Welt hinaus.
TOCHTER Mörder. *(Immer lauter)* Mörder, Mörder, Mörder, Mörder.
SOHN *(unbeeindruckt)* Mein Gott braucht in der Stadt ein Fahrzeug. Das verzeiht er mir gern und bedankt sich übermäßig, wirst es schon erleben. Mein Gott muß mir einen Krüppel schon wert sein, sonst kann ich gleich einpacken vor ihm. Alle haben sie einen Gott in der Stadt. Die Banken und die Hotels, die Firmen und die Hausbesitzer. An jeder Ecke steht ein Gott oder ein Haus für ihn. Er hat jederzeit Zutritt zu allem, und er fährt mit großen Autos. Nichts ist ihnen zu schade für ihren Gott, geschweige denn ein Mensch. Das habe ich von der Stadt gelernt. Bei seinem Gott muß man großzügig sein, der muß alles haben, was er braucht, das lohnt sich, da gelten

die Maßstäbe der Heimat nichts mehr. Die Stadt sprengt alle Grenzen, auch die meinen. *(Nickt, rennt auf den Balkon und schreit triumphierend:)* Kikeriki, kikeriki, ich bin der Wecker der Stadt. Sie wird mir und meinem Gott gehorchen. *(Er kommt zurück, nimmt den fußlosen Gekreuzigten, setzt ihn in den Rollstuhl, schiebt ihn in die durchbrochene Wand und richtet das alles altarmäßig her, wie einen Herrgottswinkel zu Hause.)*

SOHN UND TOCHTER *(sie knien vor dem Herrgottswinkel und beten.)* Dieses ist mein Gott, den ich aus der Heimat hierhergefahren habe mit dem Traktor, weil er ist schwer wie ein Ochse und braucht eigentlich einen Tieflader. Wer bei mir bleiben will, der kniet täglich vor ihm nieder, spricht mir nach und nimmt die Mütze ab: Vater unser, der du mein Beifahrer in der Fremde bist, geheiligt werde dein Dasein, weil es ist. Heimat, du eroberst uns die Stadt, weil sie deinen Willen schwer in ihrem Nacken spürt, wie in der Heimat, so erst recht in der Stadt. Laß die Abfälle die anderen fressen und bring uns das Manna. Das Fett der Stadt, dann geben wir dir auch was. Vergib uns die Schuld der Flüchtlinge, die der Heimat den Rücken gekehrt haben und nirgends ankommen. Aber vergib nicht der Stadt, die deine Kinder zertritt. Und vergiß nicht, du brauchst uns, wie wir dich brauchen. Amen. *(Die Geschwister bekreuzigen sich. Der Sohn spricht leise allein weiter.)*

SOHN Jetzt, wennst dich wieder erholt hast, dann trag ich dich auf die Straße hinunter und schieb dich hinein in die Stadt; dann zeigst es den andern. Dann zeigst ihnen, daß du ein ganz ein Starker bist. Dann hilfst uns, gell? Weil wennst uns hilfst, dann bau ich dir ein Haus, das wo größer ist wie das größte Haus in der Stadt, und die sind groß, da kannst du dich freuen.

8. Szene

Die Tochter fest eingemummt auf dem Balkon. Es ist kalt. Der Sohn an einem primitiven Blutabzapfapparat.

TOCHTER Es ist kalt geworden, es wird kälter. *(Kleine Pause, deutlich)* Die Stadt gibt nichts her. Die Stadt gibt uns nichts. Sie erkennt, daß wir nicht ihre Kinder sind. Sie gibt uns nichts, das weiß ich jetzt. Der Bruder ist alle Tage gelaufen. Seine Füße sind wund. Die Stadt hat ihm kein Stück Holz gegeben. Sie will nicht. Nichts, gar nichts hat sie ihm gegeben. Aber wir brauchen ein Feuer, weil wir sonst erfrieren diese Nacht. Der Bruder gibt sein Blut. Stadt, schau ihn dir an. *(Kleine Pause)* Die Stadt hat keine Augen für uns. Sie hat uns das Gas genommen, aber sie gibt uns kein Holz. Sie hat uns den Strom genommen, aber sie gibt uns keine Kerze. Das Wasser läuft noch. Wie lange noch, Stadt? *(Kleine Pause)* Die Stadt spricht nicht mit uns. Die Stadt haßt uns. Wir sind ihre Kinder nicht. Die Stadt hat uns nicht in sich hineingelassen. An ihren Öffnungen stehen Wächter und vertreiben uns. Wir haben nur noch unser Blut, aber wir sind nicht ihre Kinder. In ihr ist es warm und schön, das weiß ich, aber wir sind nicht drin. *(Pause, dann sehr leise, fremd, zitierend)* Mir scheint, dieses Leben tötet mich zusehends, sagte der Mann und ging dagegen vor. Er hob den kranken Bruder auf und trug ihn eilends davon. *(Pause. Sie denkt nach, dann deutlicher.)* Mir scheint, dieses Leben tötet mich zusehends, sagte die Frau und ging dagegen vor. Sie hob die kranke Schwester auf und trug sie eilends davon. *(Kleine Pause, sie schüttelt den Kopf.)* Die Stadt ist mein Feind, sie vernichtet mich und den Bruder, das weiß ich jetzt. Dieses Leben ist der Tod. *(Kleine Pause, sie denkt nach.)* Dieses Leben ist der Tod. Dies wissend, tötet die Erkenntnis den Angreifer beizeiten. Was ich durchschaue, das kann mich nicht mehr verwunden. Das ist der Wille, der die Welt stempelt, basta. *(Kleine Pause, sie denkt nach, wiederholt langsam.)* Dies wissend, tötet die Erkenntnis den Angreifer, was ich durchschaue, kann mich nicht verwunden. Es ist der Wille, basta. *(Kleine Pause)* Wir sind Ausgestoßene. Die Stadt läßt uns nicht in ihren warmen Bauch. Sogar ihre

Abfälle sind für uns unerreichbar geworden. Die Kälte hat die Satten hungriger gemacht. Niemand hört uns. *(Kleine Pause, dann macht sie einen langen leisen gequälten Tierschrei, und horcht.)* Die Stadt gibt keine Antwort. *(Sie wiederholt den Schrei.)* Die Stadt ist der Metzger.

SOHN *(leise, von drinnen)* Ein bißl etwas für den Herrgott, nur ein bißl etwas. Nicht zuviel, so viel braucht er nicht, ein bißl etwas. Mit dem andern können wir leben. Ich blut und wir leben. Jetzt gehts umgekehrt. Nicht er ist das Fleisch und Blut, sondern umgekehrt. Er kriegt etwas von mir, bis es ihm besser geht, und der Rest ernährt uns. Es ist gut, daß die Stadt eine Firma hat, die Blut kauft. Das muß man wissen.

(Die Tochter kommt vom Balkon, geht zum Bruder, nimmt die Flasche mit dem Blut, schüttet ein bißchen etwas davon in eine Schale, trägt diese zum Herrgottswinkel.)

TOCHTER Tu nichts verschütten. Es ist das Blut vom Bruder. Es ist das Teuerste, was wir noch haben. Du bist kalt und dürr, du blutst nicht mehr, sonst könntest du etwas dazutun für unser Leben. Willst nicht ein bißl bluten? Nimm dir ein gutes Beispiel vom Bruder: Der blutet für alle andern. Schau ihn dir nur an, wie er blutet. Der kriegt für den Liter dreißig Mark, weil die Stadt eine barmherzige Firma hat. Und du saufst es nur und gibst nichts. *(Leiser, ängstlicher)* Es ist dir schon vergönnt, aber auch der Herrgott muß sorgen für sein Leben und nicht bloß saufen, was andere ihm hinstellen.

SOHN Laß meinen Herrgott stehn. Es ist mein Blut und ich geb es ihm gern. Wer gern gibt, der kriegt doppelt zurück. Wenn er wieder eine Kraft hat, dann gibt er. Aber du, du mußt etwas tun. Du lebst auch von meinem Blut und tust nichts. Das muß sich ändern! Du gehst und sagst: Ich stelle mein Loch für menschliche Abfälle zur Verfügung. Der Preis für den Abfall beträgt fünfzig Mark, bist du damit einverstanden? Dann sagt der andere: Ja. Und du sagst: Ich auch.

TOCHTER Nein.

SOHN Dann kriegst du auch kein Blut mehr.

TOCHTER *(stülpt sich den Schleier über)* Ich sehe nichts und ich höre nichts. Mein Bruder sorgt für mich. Ich darf nicht hinaus. Keiner darf meine Augen sehen und meine Zähne erst recht nicht. Ich gehöre meinem Bruder. Ich darf nicht hinaus.

SOHN Der Schleier hat ein Loch. Der Schleier hat lauter Löcher. Das ist nicht mehr der Schleier von früher. Das Leben vergibt seine Preise an den Meistbietenden. In der Stadt muß jeder etwas verkaufen. In der Stadt kann man nur überleben, wenn man etwas verkauft.

TOCHTER Was?

SOHN Ich habe dich und ich verkaufe dich. Du bist mein Eigentum, weil ich der Bruder bin. Jeder verkauft, was er hat. Die Wirklichkeit vergibt ihre Preise an den Höchstbietenden. Das muß man wissen. Die Stadt kriegt mein Blut und meine Schwester. Das ist alles, was ich habe. Vielleicht läßt sich die Stadt erweichen.

TOCHTER *(leise)* Ich stelle dieses Loch für menschliche Abfälle zur Verfügung. Der Preis für deinen Abfall beträgt fünfzig. Bist du damit einverstanden? Ja, ich auch. Ich stelle dieses Loch für menschliche Abfälle zur Verfügung. Der Preis für deinen Abfall beträgt fünfzig, bist du damit einverstanden? Ja, ich auch. Ich stelle dieses Loch für menschliche Abfälle zur Verfügung. Der Preis für deinen Abfall beträgt fünfzig.

(Inzwischen ist der Kunde aufgetaucht.)

TOCHTER Bist du damit einverstanden?

KUNDE Ja.

TOCHTER Ich auch.

KUNDE Meine Frau läßt sich nicht im Arsch ficken, weil sie hat eine Hämorrhoide. Die wächst dann immer. *(Er lacht.)* Dir macht das nichts aus, gell? Du hast einen gesunden großen Arsch, da hat schon was Platz. Meine Frau ist die beste Frau der Welt, damit wir uns richtig verstehen. Ich führe eine gute Ehe, um die mich andere beneiden. *(Ärgerlich)* Sie schluckt auch das Sperma nicht, wenn sie sich schon ausnahmsweise einmal herabläßt und mir einen bläst. Sie macht eine Abmagerungskur. Sie hat gelesen, daß im Sperma Eiweiß ist. Sie sagt, das macht dick, drum kann sie es nicht schlucken. Ich sage: Es sind die Kohlenhydrate, die dick machen, aber sie schluckt es trotzdem nicht. Da kann man nichts machen. Du hast gute Zähne und beißt mich nicht, gell? Du schluckst alles hinunter, was man dir in den Mund schiebt. *(Pause, er lacht.)* Meiner Frau bin ich zu groß gebaut. Damit, sagt sie, kann man jemand abstechen, aber nicht lieben. Hast du so was schon gehört? Meine Frau leidet an Verstopfung. Stundenlang sperrt sie sich im Bad ein. In ihrer Verzweiflung führt sie sich Klistiere ein. Ich sage: Laß mich das machen, sie läßt mich nicht. Sie hat kein Verständnis für meine Bedürfnisse. *(Kleine Pause)* Kannst du scheißen?

TOCHTER Ich kann gut scheißen.

KUNDE Kannst du jetzt scheißen?

TOCHTER Ich glaube schon.

KUNDE Dann scheiß bitte. Ich sehne mich danach, einem gesunden Menschen beim Scheißen zuzuschauen. Es ist eine Erleichterung für mich. Das ist doch eine Freude, ein gesunder Stuhlgang. Das ist doch schön, wenn jemand sich hinsetzt, und dann lacht er, und dann scheißt er. Laß mich schauen. Das ist schön. Du bist gesund. *(Er lacht.)* Du hast gegessen, und du hast eine gute Verdauung. *(Kleine Pause)* Meine Frau haßt Haare. An ihrem ganzen Leib gibt es kein Haar mehr. Sie haßt alles Natürliche, Unberechenbare. Darf ich dir ein paar Haare abschneiden?

TOCHTER Du kannst es tun, weil ich habe ja genug.

KUNDE Das stimmt, das stimmt. *(Er schneidet ihr sämtliche Kopfhaare ab.)* So, das genügt mir. Ich bin kein schlechter Mensch, ich bin nicht pervers. Meine Frau hat mich dazu gemacht. Es begann, als wir heirateten. In Amerika sagt man: Ich hole mir schnell nur eine Schachtel Zigaretten, und dann kommt man nie wieder. Das ist Freiheit.

TOCHTER Kennen Sie Amerika?

KUNDE Ja, zweimal.

TOCHTER Wie ist Amerika?

KUNDE Amerika ist sehr groß. Das muß man zuerst feststellen. Europa ist ein Scheißdreck dagegen, alles ist ein Scheißdreck dagegen. Europa ist überhaupt der letzte Scheißdreck, den man sich denken kann. Kaum sitzt man im Auto und fahrt ein paar Kilometer, schon kommt man an eine Grenze. Kleinstaaterei, Gesetze von vorgestern und ein Dünkel, ein europäischer Dünkel. Wer investiert noch in Europa? Niemand, ganz klar. Das Klima, das politische Klima, das soziale Klima, logisch. Die Freiheit ist groß in Amerika. Es gibt arme Menschen und den Schwarzen geht es strichweise schlecht. *(Leiser, er würgt.)* Das kann man auch sagen, das muß man zugeben, aber bist du schwarz, bist du arm, bin ich schwarz, bin ich arm? Von New York nach San Francisco fliegt man eine Nacht. Wenn man stark ist, kann man in Amerika tun, was man will. *(Laut)* Alles, alles! Und hier: Knechtschaft, Angst, Schweiß, aaah ahhh. *(Kleine Pause, leiser)* Ich liebe meine Frau, das muß man zugeben, und man muß zusammenhalten. Das ist das einzige, was man hat. Ich gehe nicht nach Amerika, ich bin meiner Frau treu. Ich liebe mein Land und meine Heimat, das muß man auch einmal feststellen. *(Kleine Pause, unvermittelt)* Ich bitte darum, alles mitnehmen zu dürfen.

TOCHTER Wenn Sie wiederkommen und noch mehr erzählen.

KUNDE Ich komme gern wieder. Natürlich komm ich wieder. *(Leiser)* Ich wickle die Scheiße in die Haare und keiner merkt was. *(Er tut es.)* Du hast mich nicht enttäuscht, ich bin zufrieden. Was heißt zufrieden? Es war mir ... *(Unterdrückt einen Laut, fängt sich wieder und gibt ihr Geld)* Ich muß mich beeilen, es ist die Wärme und der Geruch. Vielleicht kann sich meine Frau erinnern, solche Fälle soll es geben. Wenn deine Haare nachgewachsen sind, komm ich wieder. Und daß du mir ja gut ißt in der Zwischenzeit, damit du was zum scheißen hast. *(Er rennt schnell ab und läßt die Tochter verwüstet zurück.)*

(Der Sohn, der sich alles am Blutentnehmer hängend mitangehört und mitangesehen hat, der immer wieder leidende Schreie von sich gab etc., rafft sich auf, kriecht zum Herrgottswinkel und sagt leise:)

SOHN Herr, wir sind in der Fremde, auch du bist mit uns gekommen und wir haben dich nicht über die Ladewand geworfen. Herr, in der Ferne ist alles anders. Man rückt unter dem ökonomischen Druck zusammen und muß sich zu helfen wissen, das ist notwendig, sonst gehen wir alle zugrunde. Herr, du hast gesehen: Ich habe für die Tochter einen Mann und für mich eine Arbeit gesucht. Herr, du hast gesehen, daß das nicht geht. Herr, du bist dürr und kalt und kannst uns nicht helfen. Herr, wir leben und sterben wie die Grillen, aber Herr, wenn du meinem Samen im Leib der Schwester gnädig wärest und den Samen des Fremden in ihr abtötest, wären wir sichtbar erleichtert. Oh Herr, gewähre mir diese

Bitte. *(Er stürzt sich auf die zerstörte Schwester und vergewaltigt sie.)*

9. Szene

Alles bereits sehr verwüstet. Die Tochter mit einer Zwei-Liter-Rotweinflasche.

TOCHTER Die Seele hängt mir im Fußpilz drin. *(Sie lacht.)* Die Krankheit macht den Alkohol erträglich. Er ist nicht gut, aber wirkungsvoll. Lieber Gott, dieses Glas trinke ich auf dich. Prost Inri. Schauen wir uns gemeinsam etwas an. Magst eine Kassette sehen? Ist dir langweilig, mir auch. Wir zwei sind daheim und der Bruder tragt das Blut zum Metzger; aber wir sind nicht dumm, wir holen uns die Welt herein. Ich weiß, wo die Kassetten sind. Magst zuschauen? Sag feig! Ziehn wir uns einen Porno hinein, oder lieber einen Wildwestfilm? Genau. Ein Western muß es sein. Komm her, daß du was siehst. Mir kannst es schon sagen, mir kannst alles sagen, weil du bist bloß ein Krüppel und sonst nichts mehr. Wir zwei sind eingesperrt. Ich geb, was ich hab, und du schaust zu. Dir ist langweilig, weil du nichts tust. Soll ich dich erlösen von deinem Kreuz, soll ich dir einen blasen, daß du wieder ein Leben in die Glieder kriegst? Laß mich nur machen, ich kenn die Technik genau, wirst es schon sehen, und bei dir verlang ich nichts. Beißen tu ich dich nicht, weil du der Herrgott bist, das ist gewiß; und wenns dir kommt, dann streich ich es mir zwischen die Füß, dann soll er hineinkriechen, der Heilige Geist, dann soll er mich erlösen von der Inzucht und von den Negern, dann pass ich auf den schon besser auf als wie deine Eltern auf dich. Den richt ich mir schon so ab, daß er nicht auf den elektrischen Stuhl kommt; da muß man sich als Eltern halt kümmern, daß aus den Kindern was wird. Genau. *(Immer betrunkener)* Lieber Gott, verzeih mir meine Sünde, die mich hinaufgetragen hat zu dir. Ich bin unten und du bist oben und man soll nichts verkehren, du Lamm Gottes. Dich will ich nicht als Cevapcici braten und verspeisen, löffelweise. Du gesegneter Leib des Herrn, steh mir bei, du, in guten wie in schlechten Tagen; mea culpa, mea culpa, Mama, Papa, ich hab dem Herrgott was Schlechtes getan, ich hab dem Herrgott Unkeuschheit getan. Ich muß das bereuen, ich muß das bereuen. Sag mirs, Vater, sag mirs, Mutter, sag mirs, Jesus: Ist das Maß der Liebe ausgegossen und sind die guten Tage vorbei? *(Zu Gott, sehr leise)* Sag du es mir, sind sie vorbei, die guten Tage, und ist das Maß der Liebe ausgegossen aus deinen Wunden? Bist du nicht mehr blutig, Bluter? Brauchst du das Blut vom Bruder nicht mehr, bist du tot, kannst es nicht mehr saufen? Kann der Bruder das ganze Blut an die Firma geben, weil du tot bist? Sag was, du sollst was sagen! Bist tot?

(Pause, sie trinkt weiter.)

TOCHTER *(leise)* Die Tage erschweren sich mir unerträglich und betten meine fürchterlich in Schwermut ein. Aber die Rose ist im Supermarkt am billigsten. Wasser, ich brauch ein Wasser, ich brauch ein Schiff und ich brauch ein Wasser, das meiner Seele Kind sicher über den großen Fluß geleitet. *(Sie macht die Wasserleitung an.)* Ich brauch viel Wasser für das Kind und für sein Schiff. Schwimm Schiff, schwimm, bring das Kind über das große Wasser in Sicherheit. Die Seele ist schwer und es braucht ein großes Schiff für die Nacht. *(Sie macht aus einem Papierfetzen ein kleines Papierschiffchen, tut es ins Wasserbecken und bläst.)* Schwimm Schiff, schwimm, schwimm weg Schiff, nimm mich mit Schiff, schwimm.

(Sohn kommt sehr aufgeregt)

SOHN Das Blut hat eine hohe Konjunktur, die Preise steigen. Schau her, was ich dir mitgebracht hab.

TOCHTER *(leise)* Ich kann nicht mehr.

SOHN Schau her, was ich dir mitgebracht hab. *(Er packt eine Rolle Freilandtapete aus, so wie man sie in Zahnarztpraxen oder ähnlich sieht, mit Wald, Wasserfall, etc. Er klebt sie provisorisch an die Wand.)* Schau her, herschaun sollst, dann gehts dir besser, schau das ganz fest an, dann gehts dir gut, schau her.

TOCHTER Ich kann nicht mehr.

SOHN Schaun sollst, du mußt schauen, du darfst das Schauen nicht vergessen. Schau her oder du erstickst, schau her.

(Tochter schaut lange, verzweifelt, betrunken, hilflos auf die Freilandtapete.)

10. Szene

Alles im Aufbruch, sehr schnell, hastig.

SOHN Entweder wir sind fort, wenn sie kommen, oder sie erwischen uns. Jetzt gehts um die Wurst. Wir müssen weg, sonst erwischen sie uns. Sie haben uns entdeckt und jetzt müssen wir weg sein, bevor sie uns vertreiben. Schick dich, dumme Gans, wennst schnell bist, nimm ich dich mit. Steh auf, pack dein Gelumpe.

TOCHTER Lieb Mutter, ich hab viel Kunden gehabt, lieb Vater, die haben dein Tochter verwüstet. Nun hängt mir die Seele am Galgen im Wind, die Tochter muß fortfliegen wieder geschwind.

SOHN Wir müssen weiter. Wir fangen woanders wieder an. Steh auf, pack dein Gelumpe.

TOCHTER Gib mir ein gutes Wort.

SOHN Gut, gut, gut, gut, steht auf, pack dein Gelumpe.

TOCHTER *(erhebt sich langsam)* Ich bin durstig. *(Sie schleppt sich zum Wasserhahn, dreht ihn auf, versucht zu trinken, aber es kommt kein Wasser mehr.)* Ich bin durstig, ich bin so durstig. *(Versucht immer wieder zu trinken)* Die Tage verdursten mich und legen meine Schande auf Rosenbetten. Gehn wir zum Wasser, ich bin so durstig. *(Sie sieht das Schiffchen aus Papier.)* Schwimm Schiff, schwimm, bring mich übers große Wasser in Sicherheit. Ich bin fett und schwer und brauch ein gutes Schiff. *(Kleine Pause, dann leiser)* Ich kann nimmer. *(Sehr leise zu sich selbst)* Reden sollst, schauen sollst, heraus damit, sonst erstickst, sags nur, sags: ich will heim. Mama, Papa, ich will heim!

SOHN *(schreit)* Daheim ist nirgends mehr.

TOCHTER Wer sagt denn so einen Blödsinn. Schwimm Schiffl, schwimm. Siehst nicht, wies dich treibt? Schwimm heim Schiffl, schwimm.

SOHN Komm schnell, pack deinen Krempel, beeil dich, sonst darfst nicht mit, ich bin schon fertig.

TOCHTER Mutter, unsere Seelen hängen an den Mauern der großen Stadt. Mutter, Vater, übermorgen werden wir neu geboren, auf weißen Rössern reiten; achte auf Schiffe, Mutter, achte auf Pferde, Mutter, Mutter, paß auf.

SOHN *(hat alles zusammengepackt, versucht die Tochter fortzuziehen, sie sträubt sich.)* Geh zu, sonst schlag ich dich, geh zu.

TOCHTER Mutter, wenn du ein Vogel bist, gib ein Zeichen, damit ich dein Lied nicht stör; Mutter, wenn du ein Hund bist, sag es mir auch, damit ich dir nicht in den Hintern tritt; Mutter, wenn du eine Schlange bist, mußt du es auch sagen, damit ich dich nicht erschlage, bevor du mich beißt; Mutter, wenn du eine Wanze bist, sagst du es auch, damit ich dich von dem unwürdigen Leben befrei und dich schnell zertrete, daß der Weg frei ist.

SOHN *(schreit)* Geh zu, oder willst du zertreten werden?

TOCHTER *(bös)* Mutter, wo bist, wir brauchen dich. Du mußt mich zurücknehmen, Mutter, und neu ausbacken, und dann laßt mich wieder gehen, später. *(Sie fällt wie in Ohnmacht.)*

SOHN *(leise, sanfter)* Mußt auf, Theres, wir müssen weg. Mußt auf, Theres.

TOCHTER Tust mir weh.

SOHN Ich tu dir nichts.

TOCHTER Laß mich.

SOHN Aber wir müssen weg. *(Kleine Pause, unsicher)* Schau, was ich für dich hab. *(Er zeigt ihr Süßigkeiten.)*

TOCHTER Sind die mein?

SOHN Dein. Wennst aufstehst und gehst.

TOCHTER *(frißt die Süßigkeiten in sich hinein, unappetitlich)*

SOHN Eigentlich mag ich keine Süßigkeiten, aber er hat mich überzeugt.

TOCHTER *(schaut, denkt nach)*

SOHN Eigentlich mag ich keine Süßigkeiten ... *(bricht ab)* unser Spiel, was ist das: Eigentlich mag ich keine Süßigkeiten?

TOCHTER *(nickt, sagt nichts, weiß es nicht, lächelt, plötzlich schnell)* Hast du die Kälber schon gefüttert? *(Sie lächelt.)* Mußt in den Stall schauen. *(Lustig)* Da wirst dich wundern! Was es da zum sehen gibt, da wirst dich wundern. *(Sie lacht leise verschämt vor sich hin.)* Schau, schau nur, aber schau dir die Augen nicht aus. Mußt halt besser aufpassen, geschenkter, geschenkter nicht mehr geben. Mein ist es. *(Sie ereifert sich.)* Nein, das ist so gemein, so gemein ist das. *(Sie erbricht langsam die hastig gefressenen Süßigkeiten. Zu sich selbst)* Tut man es dir nicht vergönnen, Stehlratz, wirst es sein lassen? Mir hat es der Papa mitgebracht, mir, nicht dir. Finger weg.

SOHN *(wie ein Dieb mit dem Finger schleckt er ein bißchen an ihrem erbrochenen Brei)* Nur ein bißel probieren, nur ein bißel probieren.

TOCHTER *(neckisch)* Ich kenn dein ein bißel. Ich werds dem Papa sagen, der gibt dir ein paar auf den Hintern.

SOHN *(nickt, will die Schwester aufheben)* Theres, wir müssen fort. Wir müssen weiter. *(Kleine Pause, dann leise lockend)* Wir gehen heim, Theres, steh auf, wir gehen heim.

TOCHTER *(schaut, lächelt, erhebt sich langsam, er hilft ihr, sie packen ihre Sachen und gehen ab.)*

11. Szene

Irgendwo unterwegs. Der Sohn hat das Gepäck auf dem Rücken und die Tochter auch.

SOHN *(langsam, gleichmäßig, leise)* Da ist die Heimat, welche wir sehen. Bald haben wir warm. Bald werden wir daheim sein. Wir sind nahe. Wir sind die Nacht über gegangen. Wir haben keinen Bus gebraucht. Jetzt sind wir gleich da. Man kann die Heimat riechen. *(Kleine Pause)* Riechst du die Heimat? Die Schwester schläft. Bald wird sie aufwachen, dann wird sie die Augen aufmachen und die Heimat sehen. Die Heimat ist schön. Wir haben keine Sorgen mehr. Die Heimat hat einen blauen Himmel und eine warme Sonne. Die Heimat hat eine Milch und ein Fleisch. Die Heimat hat einen Hund. Wir atmen schwer, weil wir die Luft der Heimat in der Lunge spüren. Die Luft der Heimat ist würzig. Die Luft der Heimat macht uns stark. Die Heimat ist schön. Wir haben des Netz ausgeworfen und die Heimat ist uns hineingefallen. Ich sehe eine Kuh und ein Pferd. Ich sehe einen Traktor. Meine Augen atmen die Heimat. Meine Haut atmet die Heimat. An meinen Fußsohlen bleibt die Heimat hängen, klumpenweise. *(Er lacht.)* Ich sinke tief in die heimatliche Erde. Das ist schön. Meine Füße atmen. Es ist noch früh am Morgen. Die Wärme kommt mit der Heimat. Ich verspreche es dir. *(Er geht einige Zeit weiter, Pause.)* Diese Verschnaufpause machen wir bereits am Rande der Heimat. Man wirft einen Stein und trifft sie. *(Er lacht, zur Tochter.)* Wirf auch, du sollst werfen und lachen. *(Pause, dann bleibt er stehen, schaut sich um, unsicher.)* Das ist die Heimat. Das muß der Boden der Heimat sein. Ich fühle ihn.

(Pause. Er lädt das Gepäck und die Tochter ab, vorsichtig auf den Boden, macht vorsichtige Schritte, sucht, kommt zurück, sucht wieder, legt sich auf den Boden, horcht, leise zum Boden.)

SOHN Boden, kannst dich erinnern? Du bist der meine gewesen früher. Ja, ich bins. Kannst dich erinnern, Boden? Zehn Jahre hab ich dich geackert und 50 Jahr der Vater. Gedreht und gewendet haben wir dich, bis daß du zufrieden gewesen bist. Kannst dich nicht erinnern, Boden? Ich bins, ich sags dir, ich lüg nicht, ich bins. *(Er kratzt mit den Händen den Beton.)* Wo bist, Boden? Haben sie dich weggetragen, oder bist du noch drunter? *(Er horcht.)* Drunter ist er. Es ist das vertraute Atmen von der Weizenwiese. Sie atmet und antwortet. *(Er klopft.)* Ich bins, hörst mich? Er hört mich schon, aber er sagt nichts. Wir haben ihn aufgegeben, das vergißt er nicht. Vergessen sollst, jeder macht Fehler. *(Kleine Pause)* Hörst nicht, wir sind zurückgekommen zu dir, Boden. Und jetzt mußt du den Beton zerreißen und herauskommen. Zeigs dem Beton, daß du stärker bist! Komm heraus, wir sind da und warten; und vertreiben lassen wir uns nicht. Komm heraus, komm, wir warten. *(Kleine Pause, er ist unsicher, er lädt die Schwester wieder auf seinen Rücken und das Gepäck, er geht weiter.)* Boden, wo bist? Sagst nichts? Ich find dich, so tief kannst nicht drunten sein. Ich find dich, ich versprech es dir.

TOCHTER *(langsam, leise)* Der Vater hat meine Augen entwendet, weil er mir eine Überraschung bereiten will; aber das kann mir niemand erzählen. Denkst du das auch? Der Vater hat mir die Augen entwendet, weil er mir eine Überraschung bereiten will. Der Vater weiß schon, was er tut. Die Mutter sagt: Versteck sie gut, damit sie sie nicht gleich findet. Die findet immer alles gleich. Ihr müßts nur sagen: warm, kalt, kalt, warm, warm. *(Sie lächelt.)*

SOHN Warm, warm, warm, heiß. *(Kleine Pause)* Heute müssen wir noch in der Kälte aushalten, und morgen vielleicht auch. Aber wir denken fest an übermorgen. Übermorgen sind wir daheim.

12. Szene

An irgendeinem Friedhof, irgendein Grab, kalt, Schneien.

SOHN *(bei einem Grab)* Mutter, kannst du mich hören? Wir sind wieder heimgekommen, Mutter. Der Boden, der wo den Vater und dich zudeckt, der ist das Letzte, was uns geblieben ist. Das ist das Letzte, was uns gehört. Vater, kannst mich hören? Da bin ich wieder. Die Tochter ist auch da. Schauts her. Wir müssen jetzt zusammenrücken. Wir müssen teilen. Der Boden, der euch zudeckt, ist das Letzte, wo man uns nicht vertreiben kann. Mutter, Vater, wir sind heimgekommen. *(Pause)* Die Heimat ist unter den Beton gekommen. Das Haus und die Felder, die Wiesen und der Wald. Wo die Heimat war, da fährt man jetzt nach Amerika, oder noch weiter, aber man nimmt uns nicht mit. Sie wollen nicht. Alles Betteln nützt nichts. Sie sagen: Das geht sie nichts an. Sie sagen: Das ist nicht die Heimat. Sie sagen: Die Heimat ist woanders. Aber ich habe die Weizenwiese atmen gehört, unter dem Beton. Aber ich kann es nicht beweisen. Ich bitte um Verzeihung, aber dieser Boden, der euch zudeckt, ist der letzte Boden, der uns gehört. Wir werden ihn fruchtbar machen. Ich werde nicht zu tief ackern, daß ich euch verletze, das verspreche ich. Ich werde nur so tief ackern, daß der Raps nicht umfällt und der Weizen ausreifen kann. Vater, Mutter, wir sind wieder da. Die Tochter ist auch da.

13. Szene

Genau abgezirkelt auf dem Grab die Behausung, das Lager, oder wie man will, der Geschwister. Es ist Nacht, es schneit, sie sind fest vermummt, alles zugedeckt, verhüllt, um sich vor der Kälte zu schützen. Starker Schneefall. Dann nimmt die Tochter die Lumpen ab, mit denen sie sich zugedeckt hat, vom Gesicht, vom Körper, still und vorsichtig, damit der Bruder nicht aufwacht. Sie deckt sich ganz auf, erhebt sich, tastet sich vorwärts, kriecht vom Grab weg, setzt sich weit weg hin, schweigt; dann zieht sie sich weiter aus, macht mit den Kleidern einen Kreis um sich und läßt sich einschneien. Das dauert sehr lang.

Ende

Der Weihnachtstod

Volksstück

(Bayrisches Requiem)

Jesus bleib oben
hier unten schlagen sie dich tot
Weihnachten 83
Graffity am
Bahnhof München-Pasing

Personen

ERWIN, rüstiger Fünfziger
ANNI, seine Frau, rund, klein, sauber
EIN MANN
EINE FRAU

Bühnenbild:
Einfache, saubere, kleine Wohnung – freundlich alles. Draußen kann es schneien, Blick nach draußen auf weitere Siedlungshäuser der Nachkriegszeit in München. Ein Weihnachtsbaum ist da, ein Koffer steht daneben mit Weihnachtsschmuck, aus dem Radio weihnachtliche Musik.

Zeit:
Weihnachten bei uns daheim

Anmerkungen zum Dialekt:
Das Stück ist in tiefem, kantigem Bayrisch geschrieben. Man sollte es dort belassen. Es gehört so. Man kann es vielleicht in einen andern Dialekt übersetzen, aber dann muß man wirklich übersetzen. Ein deutliches Dialektbett ist für das Stück und seine Geschichte unerläßlich.
Die beiden Fremden sollten Ausländer sein, Türken wohl, und als solche auch ihrer Sprache mächtig. Beide Sprachen sollten oft zusammen klingen.
Die fürs Bayrische verwendete Lautschrift ist eine Fantasieschrift. Vielleicht kann man sie auch als eine eigene, fantastische SCHRIFTSPRACHE lesen.

Das Stück hat keine Pause.

Nach einer langen Pause, während der die beiden bedächtig den Weihnachtsbaum schmücken, wobei der eine dem andern die Sachen reicht, vorsichtig und aufeinander abgestimmt.

ERWIN Sog amoi, du glabst as aba scho, daß i arbadn wui?

ANNI *(schaut ihn an, kleine Pause, nickt)*

ERWIN De andan ned. Und i seiba glab mas a scho boid nimma.

ANNI Na glab is fia di mid.

ERWIN *(glücklich)* Gei, du glabst as scho, du scho. Mia is, ois wenn i gor nimma i waar, ois wenn i an andana waar. Da i, dea wo i wirkle bin, dea is oiwei no beim Menzinger und machd an Lohn fia 57 Leit, den sigd ma ned, aba do isa. Und i, i bin an andana, dea wo ma zuaglaffa is, und deni nimma los kriag. An oana Eckn isa mi ogsprunga – obi bettln geh soi? *(Macht eine Bewegung, verzieht das Gesicht)*

ANNI Du schbinnsd ja.

ERWIN Es hoaßd do, daß de Bettla olle Millionär han, des hobe seiba glesn in da Zeidung.

ANNI Oalle ned, oana in Ameriga, und des is a ganz a Ausgfuchsta.

ERWIN Awa bevor i do in da Kuchl sitz, kannte aa an am Eck steh und beddeln. Und des waar sogar a Geid, wos as Arbadsamt ned dafahrn dad. *(Lacht)* Wia schauge aus?

ANNI Arm.

ERWIN Em, des miaßad doch langa, oda ned?

ANNI Arm san heut vui und kriagn nixe. De Zeid hodse gändat, wennma seiba nix mehr hod –

ERWIN Nachad hodma a nix zum gem?

ANNI Genau. Dadn mia heid am Bettla wos gem? *(Schweigen)*

ERWIN I miaßat ja wo higä, wo mi beschdimmd koana kennd.

ANNI Fahrst nach Augsburg jedn Dog zin beddeln?

ERWIN Vafahre mehra Geid oise dabeddl.

ANNI Ebn.

ERWIN In Minga is bloß die Fußgängazone wos stengan.

ANNI Her auf, aufhern soist.

ERWIN Do kannt mi wer seng, wo mi kennd.

ANNI Em, des duasd nia, wennsd des duasd, nachad is aus. *(Kleine Pause)*

ERWIN Und warum?

ANNI Wos warum?

ERWIN Warum is aus? Bloß weile zoag, daß ins so schlechd gäd –

ANNI So schlechd gäds ins no ned.

ERWIN Wenne de Arbadslosnhilfe nimma kriag und zur Wohlfahrt muaß, moanst des is koa Beddln nachad?

ANNI Aba ned auf da Straß.

ERWIN Liaba wari auf da Straß, ois daße zua Fiasorg gä, wei dea in da Fiasorg kennt me, dea hoda mein Akt, dea werd erm ja zuagsteid vum Arbadsamt, den kriagda ja, dea redt mi mid meim guadn ehrlichn Nam o, des kona, weias bloß außa lesn muaß.

ANNI Aba dea muaß da wos gem, weis insa guads Rechd is.

ERWIN Aba dea duad aso, ois wia wenna ma wos schenga dad, ois wia weni ned arbadn gangat, weile faul bin, ois wia weni erm obeddln dad.

ANNI No sama ned beida Fiasorg.

ERWIN No ned, aba wann? In am hoibatn Jor is so weid.

ANNI Do hosd wida an Arbad.

ERWIN Liag mi ned o, Anni, und liag de seiba ned o.

ANNI *(schaut)*

ERWIN I kriag nix mehr, Anni, des is gwiß, daßi nix mehr kriag. Schaug mi doch o. Wenne drin schde am Arbadsamt bei meine Vamittlung, wos glabsd, wos do fia Leid schdengan: meine und deine Kinda kanntn des sei, de wo do schdengan. Und de kriagn nix. *(Kleine Pause)* Mi nimmd koana mehr, fia de bin i scho gschdorm. *(Kleine Pause)* Oiwei machsdas foisch: zerschd miaß ma de Suibakettn uman Schdamm wiggeln, und nachad erschd des anda, wei wennsd as umkehrd machst, nachad steß i de Kugln obe, wenni de Suibakettn wickel.

ANNI Schdimmd.

ERWIN Freile schdimmds. Oiwei machtses vakehrd. Oiwei. *(Er nimmt vorsichtig die bereits aufgehängten Kugeln wieder ab und wickelt um den Stamm eine silberne Kette, von oben nach unten, das erfordert viel Mühe, er lacht.)*

ANNI Wos lachsd?

ERWIN Mia han vielleicht soachane Ogeba.

ANNI Wiaso?

ERWIN Hobe ned gsogd, heia kaff maran kloanan Bam, heia

werda ned so groß, heia sans no deiriga wia as lezde Johr, und i hob no weniga Geid auf da Seitn fia Weihnachdn, drum kaffma an kloanan Bam.

ANNI Hamma kaffd.

ERWIN Hamma ned.

ANNI Schbinna.

ERWIN Schaug das o: i wickl jeds Jor gleich eng, und heia aa, und de Kettn is oiwei a bißl zlang gwen, so dasis am End auslaffa lassn ko. Dea Bam is so lang, daß untn kaum glangd. Schaug hea.

ANNI Schmarrn, mia ham vorigs Jor aa koan gressan Bam ghabt.

ERWIN An kloanan hamma ghabt, mia Ogeba!

ANNI Aba deiriga wara ned. Dea vorigs Jor hod 49 Mark kost –

ERWIN – sogst du –

ANNI – soge, weile a Gedächtnis fia Zoin hob und du ned.

ERWIN Oliagn duasd mi.

ANNI Liang hobe gor ned notwendig, weis d Wahrheit is.

ERWIN Moansd.

ANNI Vorigs Johr hoda oa Mark weniga kosd wiran Fuchzga und heia hoda 46 Mark kosd. Wer rechna ko!

ERWIN Aba länga isa.

ANNI Schena isa und mehra Äst hoda. Wei mia zu fria ganga han vorigs Johr, valauta Angsd, daßma koan mehr kriagn. Und wennma zfruah gäd, nachad hans no deia, wei da Vakäufa moand, daßa oalle vakaffa ko fia sein ausgschammdn Preis. Heia san ma erst schbat ganga, und da waras Hauptgschäft scho rum –

ERWIN Wos de mid de vuiin übrig bliebna Baama dan?

ANNI Wos scho, vabrenna.

ERWIN Schod drum.

ANNI Freile. Aba heia ham ned bloß mia weniga Geid ois wia letzds Johr, sondan de andan aa, und da hans auf am Haufa Bama sitzen bliem, wei do werds vui Leid gem, de wo song: heia foid da Baam amoi aus. Und auf des warn de Vakeifa ned gfaßt, und drum hans heia gega as End rum billiga worn, wei no so vui do warn. Und mia ham deswegn a Glick ghabt.

ERWIN Bei ins foid da Baam ned aus! Dea foid ned bloß ned aus, dea is greßa ois wia im letzdn Johr.

ANNI Und wannst du a bißl gscheita warst gwen, nachad häd ma sogor no handln kenna und vielleicht häddma erm no um fünf Mark billiga kriagd.

ERWIN Mia han ned in Italien.

ANNI Des ned, oba i hobs am Gsicht vum Vakeifa ogseng, daßa uns den Baam vielleicht ano billiga gem häd, wennma a bißl rumdo häddn, und wenn du ned glei gschrien hädst: den nemma, den nemma!

ERWIN Gschrian hobe ned.

ANNI Freile hosd gschrian und glei zoid.

ERWIN I bin em a ehrlicha Mensch.

ANNI Du bisd ned ehrlich, du bisd dumm.

ERWIN *(schaut)*

ANNI *(lacht)*

ERWIN *(schaut den fertigen Baum an)* Sche isa.

ANNI Sehr schön.

ERWIN Ohne an Baam, *(kleine Pause)* des is koa Weihnachtn.

ANNI Beschdimd ned. Oiso, auf gäds. *(Sie nimmt ein kleines verpacktes Päckchen, drückt es ihm in die Hand.)* Schene Weihnachtn, Erwin, schene Weihnacht. Vui is heia ned, des woaßt scho.

ERWIN Freile.

ANNI Aba des Hemd hodma gfoin, und braucha kosd a a neichs Hemd, weil de andan olle an de Krägn ausfransn und bei de moderna Fasern komma an Krong nimma umdrahn.

ERWIN *(hochdeutsch)* Ein schönes Hemd!

ANNI Mia hods aa gfoin.

ERWIN Sehr schön. Dir aa schene Weihnachtn. Do! *(Gibt ihr ein kleines eingewickeltes Päckchen.)* Groß is ned.

ANNI Laß mi seiba schaung und vadirb ma ned de Ibaraschung.

ERWIN Machs hoid af, weiles nimma dawartn ko.

ANNI Keine Geduld, dea Mensch.

ERWIN I frei mi, wennsd du di freisd.

ANNI *(macht es ganz langsam auf, sie sieht ein Etui.)* Aba des Etui kenni.

ERWIN Des kosd du gor ned kenna.

ANNI Freile kenni des, do wor doch dei Fülla drin, densd vor aa por Johr kriagd hosd. Na, den moge ned – dea ghört dia und isda von da Firma ois Präsent gem wordn fia 25jähriges Firmenjubiläum. Den moge ned. Dea ghärt dia.

ERWIN Des is ned des Etui.

ANNI Freile is des, ogstricha hosdas mid oana andan Farb.

ERWIN Des Luada hod Aung im Kobf wira Luchs, dea entgäd nix. Etz machs scho auf.

ANNI *(tut es)* Koa Fülla.

ERWIN *(lacht)* Na.

ANNI Erwin, du bist ja narrisch worn!

ERWIN Gfoids da.

ANNI Jaaa. Na.

ERWIN Ned?

ANNI Na, i mog koan Modeschmuck, des woaßd doch.

ERWIN Des is a koana.

ANNI Des werd koana sei, woaßd, wos des kosd, wenn des echt is –

ERWIN Vui.

ANNI Des kosd song. *(Sie schaut das Armband genau an, plötzlich schnell, erschreckt.)* Des is echd, gei?

ERWIN *(nickt)*

ANNI Wiaso is des echt?

ERWIN Echt is, des is echt, wost koan Modeschmuck nia ned mäng hosd, hädida a nia oan kaffd.

(Kleine Pause)

ANNI Des is wirkle echd. *(Pause, beißt die Zähne zusammen)* Du Schbinna, du narrischa, des gäd doch ned, daß du mia sowas schengsd. Hosd denn du gor koan Vaschdand in deim Hirn? Ha. Des hod do mindestens fünfhundat Mark kost. Wo hosdn des Geid hea?

ERWIN Hobe em ghabt.

ANNI Wos hosd du ghabt, nix hosd du ghabt. An Uhr hobe woin fia 20 oda 30 Mark, a Quartsuhr fia das Geid hobe woin, i hobdas zoagd im Kaufhof, da hodses gem, und de hobe woin, damid wenigstns oana von uns woaß, wia schbat daß is. Koa Armbandl hobe woin füa fünfhundert Mark. *(Schaut ihn an)* Na, do hosd ma koa Freid gmacht, Erwin, des hädimia nia ned denkt von dia, daßd aso dumm bisd. I schbar und kaf nedamoi mehr a Rindsleba, weis aso deia is, sondan wart aufs Angebot fia de Schweinane, und du haust as Geid auße. Soie mid dem Armbandl zum Supamarkt renna und fia oan Dog einkaffa und ned mehra ois wia

10 Mark ausgem und des Bandl do am Arm hobn. Fia fünfhundat Mark.

ERWIN Des langt ned.

ANNI Des is deiriga, gei?

ERWIN Vui deiriga. *(Kleine Pause)* Gfoits da ned? Gor ned?

ANNI *(weint)* Gfoids da ned?! Freile gfoids ma, des muaß oam ja gfoin, des gfoid do am jedn.

ERWIN *(lacht)* Wennsda gfoid, nachad brauchsd doch ned woana. Warum woanst, wenns da gfoid.

ANNI *(weint und sagt nichts)*

ERWIN Vor a por Wocha han mia in da Maximilianstraß gwen und ham Auslagn ogschaut, woaßt as no?

ANNI Jo.

ERWIN Hamma Auslagn ogschaut fast an ganzn Dog. Wei, hamma ins gsogd, oschaung kost nix und gfreit uns.

ANNI Jo.

ERWIN Und da hobe di fast nimma weg brochd vun oam Juvelier, woaßtas no, in da Maximilianstraß.

ANNI Hosd mi scho wieda wegbrocht.

ERWIN Aba lang hods dauert, so host in de Auslag neigschdarrt.

ANNI Weis so sche war, wos do drin war. *(Kleine Pause, sie schaut den Schmuck an, sie schaut ihren Mann an.)* Den Schmuck, den wori ma do ogschaud hob, dea hod do drin, as kloanste Schdigl, zwoa- oder dreitausend Mark kost –

ERWIN Genau.

ANNI Is des Armbandl vo dem?

ERWIN Na, vo dem ned.

ANNI Aba vun am andan, wo aa so deirig is.

ERWIN Ned ganz aso deirig. *(Lacht)*

ANNI *(lange Pause, dann leise)* Gschdoin. Des hosd du gschdoin. *(Sie schaut ihn an.)* Aufm Konto feid koa Geid, i hob vorgestan de Auszüg ghoid. *(Große Pause)* Gschdoin hosdas, des hoda gschdoin.

ERWIN Zwölfhundatsechsafufzg Mark hods – häds kosd.

ANNI Zwölfhundatsechsafufzg Mark.

ERWIN Jo.

(Pause)

ANNI Bettln und schdein, ois waar des ois as gleiche.

ERWIN Ises ned, in insare Situation?

ANNI Moansd du!

ERWIN Mia hams mei Arbad gschdoin und i hob erna des Armbandl gschdoin.

ANNI Wem?

ERWIN Da Wirtschaft. De Wirtschaft mia und i ihr. *(Kleine Pause)* Des war koa kloans Gschäft, wo i drin war, des war a groß Gschäft, des ham de no gor ned gmerkt, des merka de erschd, wenns Inventur macha, und nachad sans vasichat.

ANNI Des ham de scho gmerkt, wos aso deia war.

ERWIN De denga in andane Dimensiona, des ham de no ned gmerkt.

ANNI Und de Vakäufarin, wenn de dafia grod schde muaß.

ERWIN Des war a Vakäufa.

ANNI Wei dea ned entlassn wern ko, wenn erm so was bassiert.

ERWIN Dea hod ned so ausgschaugt, ois wenna recht arm waar.

ANNI Es schaugd oft oana nach wos aus und hod nix.

ERWIN Dea ned, dea hod scho wos ghabt, und entlassn kona aa ned wern, wei erschd miaßn de wissn, wem des Armbandl gschdoin worn is, wei da warn no mehra Vakäufa, und Kundn warn aa grod gnua drinna, wiri drin war. Und vielleicht wissn sies ned amoi nach da Inventur, daß erna was gschdoin worn is.

ANNI Des wissn de etz scho.

ERWIN I hob aba an Drix ghabt.

ANNI Du und deine Drix, wost ned amoi midm Weihnachtsbamvakäufa uman Fünfa handeln kosd! Deine Drix ham de glei durchschaugt, des kosd glam.

ERWIN Hams ned, sunsd dads etza ned doliegn.

ANNI I wui nix hean.

ERWIN Nachad em ned.

ANNI Gschdoin, wos wuistn do no mehra song. Packt werstas hom und davonglaffa werst sei. De Polizei werd scho a Personenbeschreibung hom. Warts nua ab. Weihnachtn! Pfu deife!

ERWIN Wennst mi ned vazein laßt. I hob an Drix ghabt. I hob a Armbandl gseng, des wo i hom woidt. Ungefähr. Und nachad bini ganga und hob an Modeschmuck gsuacht, dea wo genau so ausgschaut hod ois wia des Armbandl, des wo i woin hob. Und den hobe kafft. Und nachad bini damit in des Gschäft, wo des echte war, und hob ma de Etuis zoang lassn mit de

Armbandl. Und nachad hobe aus dem, wo des drin war, des wo mia gfoin hod, des echte außa und des foische eine do, wia da Vakaifa ned hergschaugt hod. Beinah wars ma henga bliem an da Schbanga, aba i hobs nei kriagd, und des andane in meina Manteldaschn vaschwindn lassn. Und nachad hobe an Deckl von dem Etui, wo des foische drin war, a bißl zuagmacht, damit des foische ned gor aso foisch außaleicht, aba ned ganz zua, damid da Vakäufa siegt, do is no wos drin. Und wira nachad wieda kumma is mid andane Armbandl, do hoda scho gschaugt, aba nua kurz, er hods ja in olle Etuis funkeln gseng, und do wara zfriedn. Nachad hobe erm gsogt: Na, de san olle so deia, guada Mo, de kone oalle ned kaffa, i ibalegs ma no amoi, wia vui daße wirkle ausgem ko, und nachad kimm i wieda. Etza, hobe gsogt, vaschwimmt ma ois vor de Augn, so deia is des Zeig, etza muaße erschd amoi Luft schnappa. Und des hoda ma glabd, und i bin ganga, ganz freindle hoda auf Wiedersehn gsogd, und i aa. Und nachad ware draußn und hobs ghabt.

ANNI *(kleine Pause)* So bläd isa Schmuckvakäufa ned, dea siegt des sofort, ob wos foisch is oda ned.

ERWIN Freile siegd as, wennas segn wui. Aba in dem Moment hoda koan Grund ghabt, daßa seine eigna Sachan oschaugt obs echt han. *(Lacht)* Des war ebn schlau von mir, gei?

ANNI Schlau, schlau? *(Kleine Pause)* Wenn des wirkle wahr is, wiasd as vazeist, nachad host du ned mid deina Schlauheit gstoin, sondern mit deim in 55 Johr ehrlich erworbna Gsicht. Mid deim ehrlicha Gsicht hosd du gschdoin, ned mid deina Schlauheit.

ERWIN Aba hom duris des Armbandl.

ANNI Aba bloß oamoi, Erwin, a zwoats Moi ned. A ehrlichs Gsicht nuzd se schnella ob ois wia ma schaugd, scho beim nägstn Moi –

ERWIN Weihnachtn is bloß oamoi im Johr.

ANNI – scho beim nächstn Moi siegds dia da bledeste Vakäufa o, und nachad nutzt de Schlauheit gor nix mehr.

ERWIN Es war an Ausnahm und so sois a bleim.

ANNI Wia dea redt, da Herr Dieb. Aufd Polizei soides drong, des waar as beste. Na kimmst ins Gfängnis.

ERWIN Drogsd as aufd Polizei, wennsd wuist, kimmi ins Gfängnis. Glabst, des macht mia so vui aus. Glabst, i sitz ned scho boid liaba im Gfängnis ois bei dir in da Kuchl beim Nixdoa. Von dene im Gfängnis sogd ma, de kenna ned arbadn, weis sitzn, aba von mir sogd ma, i bin an oida Depp, dea nix mehr ko, dea zbläd is fian Fortschritt, dea nimma mit kummt. Da ware scho boid liaba im Gfängnis, des is vielleicht bessa, weis ehrlicha is, wei mas vaschded.

ANNI Hosd ibahaupts koa Dangbarkeit mehr.

ERWIN An wos?

ANNI An olle wo ins so lang so guad danährt ham.

ERWIN So lang so guad danährt, du duasda grod aso, ois hättns ins 40 Johr ois gschenkt, ois hädi ned 40 Johr arbadn miassn, ois hädi Urlaub ghabt und häd as Geid nachdrong kriagd fias nix doa.

ANNI Da Staat –

ERWIN – da Staat, dea is doch schuid an insara Armut und insam Unglick. Wos vateidign de Starfighter andas ois wia mei Arbadslosigkeit und mei Unglick. Wos vateidign de fira Freiheit, wenne frong derf? De Freiheit, daße nach Afrika fahrn ko, wei ma offane Grenzn ham? I brauch ned nach Afrika, i wui do in Minga an Arbad, und wennma uns wieda amoi an Urlaub in Tirol leistn kenna, nachad bini froh. Wos vateidign de fira freie Marktwirtschaft, fia a freies Untanehmadum? De vateidign de Untanehma gega mi, de vateidign de Wirtschaft gega an Arbeita und Ogsteidn! Etz woins ois kirzn, wos daglanga kennan, und wo: beim kloana Mo! Und wennse da kloane Mo riaht, nachad hoins erna Polizei und ernane Panza – grod wia in da Hitlazeid. Na, von dem, wos mia wichtig is, verteidign de gor nix, der Staat, und de Freiheitn, de wo der vateidigt, des san de gleicha, mid dene de Untanehma mid uns Schlittn fahrn. I scheiß da auf den Staat, des woaßt scho. I wui an Arbad und i wui a menschngerechts Lem, i wui ned schdein, i wui arbadn, aba wenns mi ned arbadn lassn, wenns mei Arbad wegrationalisiern und mi zum Bettla macha, nachad schdui i erna so guad i kon und so lang mei ehrlichs Gsicht ausreicht. Na, dea Staat, den mia ham, des is ned da meine, des is dea von de andan.

ANNI Redst, ois wenns da in da Ostzone liaba war.

ERWIN Isma ned. Isma ned. Aba wenni de Wahl hob, daße de

große Freiheit hob, ibaoi in da Weid hinzreisn, und es hod no nia in meim Lem fia mehra glangt ois wi fia Italien, und wennma nachad de Freiheit nimmt, daßi arbadn ko, dann vazicht i auf de Freiheit von da großn weidn Weid, de i mia gor ned leistn ko, und bleib dahoam und hob da an Arbad dahoam. De kloane Freiheit, daße arbadn derf, isma liaba ois de große, daß i vareisn derf und koa Geid dazu hob.

ANNI *(laut)* De Freiheit im Westn is mehra.

ERWIN Welche? *(Lauter)* De Gewerbefreiheit? De brauchan mia nodwendi, mia zwoa, machma doch an Ladn auf oda glei a Firma, mid de zwoahundatsechzg Mark, de aufm Konto san. Und wenma mehra hädn, und mia machatn wos af: wos denn? Wos längst a Dutzend greßare gibd, de wo ins im erstn Johr schlucka. Gewerbefreiheit, de brauchan de andan, de wo an Haufa Geid ham, und de Wirtschaftsschwindla. Und de Gsetza rund um de Gewerbefreiheit, de brauchans, damits an oafacha nomala Mensch fia sich arbadn lassn kenna, daß erm ausnutzn kenna, daß erm auspressn kenna wira Zitrona und wenna nimma ko oda wenns erm nimma bracha, nachad schmeißns erm aufn Misthaufa. Sogar a Roß kriagd a Gnadnbrot, a Arbeita kriagd koans.

ANNI De Rentn!

ERWIN Erstns hammas no ned, und zwoatns is des des Geid, des mia eizoid ham a Lem lang, des ins abzong ham a Lem lang, und den Teil, den wo da Untanehma zoid, den hoda a ned vom Himme, den hoda davo, wos erm vo unsara Arbad übrig bleibt, wosa vadernt, weila uns arbadn laßt fia si. Na, de Freiheit brachi ned. I brach de Freiheit, daß da Staat dafia sorgt, daß i arbadn ko, wenne mog. Und de hob i ned. Wenne arbadn ko, brache ned schdein, des Armbandl hädida friha, wias mi no arbadn ham lassn, kaffa kenna, do hädi higspart a hoibats Johr und nachad ware stoiz in den Ladn ganga und häds kafft. Wer isn do schuid, daßis heit nimma kaffa ko, i oda da Staat?

ANNI I hätt des Armbandl ned braucht.

ERWIN *(schreit)* Aba i hob das schenga woin! I hob das schenga woin. I hob da ned a Uhr für 19.90 kaffa woin wira Lehrling seina Freindin, sondan wos Gscheits. Des is mei Freiheit, daße arbat und wos kaff –

ANNI – oda schdui.

ERWIN Ja, oda schdui in dem Foi und schlechts Gwissn hob i koans.

ANNI Mia miassn aba olle sparn, weis da Wirtschaft schlechta gäd.

ERWIN Freile gäds ihr schlechta, des is doch klar. Heia lassns zwoa Milliona Menschn ned arbadn, von dene die meistn gern arbadn dadn, ja wos moanst denn du, wos des fia a Valust is fia de Wirtschaft, und de derfa ned bloß ned arbadn, de miassn aa no ausghoidn wern, wos glabst denn du, wos des fia a Valust is, wenn zwoa Milliona Menschn a Johr ned arbadn! Wos glabst denn du, wos des fia a Haufa waar, des waar ein Gebirge, so groß waar des, wenn ma des ois aufschichtn dad, wos de zwoa Milliona in oam Johr herschdein kanntn, wenn mas lassn dad! Lassn miaßad mas grod! Und de Regierung, wos duad de, nix duads dagegn, am Reagan in Arsch kriachans eine vor lauta Freid. Weis olle zamhaltn, und warum hoitns zam? Weis de gleicha Intaressn ham. Wenn i an Haufa Geid hob, wos is nachad mia wichtiga: de Inflation oder de Arbeitslosigkeit? Zehn Prozent Inflation kostn mi von meim Vamögn zehn Prozent Geid, aba zehn Prozent Arbadslose kostn mi gor nix. Im Gegenteil, de bringan mia sogor no was, wei bei zehn Prozent Arbeitslosigkeit dann de, wo arbadn derfa, bestimmt nimma aufmucka, da arbadn de fia weniger imma mehr und san brav und fleißig und draun si ned amoi mehr grank wern, und draun si ned amoi mehr auf a Kur geh, vor lauta Angst, daß auße fliang, und fliang is leicht, solangs auf da andan Seitn Milliona gibt, de arbadn woin. Na, fia de Menschheit is de Arbeitslosigkeit a Unglück, aba für de Bankn is a Seng. Und wer vahindat, daß des andas werd, da Staat mit seine Armeen und seine Panza? Fliagn wennis hör iba uns, de Düsnjäga, und nauf wenn i schaug, da denk i scho lang nimma: fliagds nur, ihr fliagds für mi und mei Freiheit. Obaschiaßn mechat is, obaschiaßn, und des waar a richtig.

ANNI Fruha hosd andas gredt.

ERWIN Do ware no ned arbadslos.

ANNI Und koa Diab!

ERWIN Hams mi gfrogd, wias des neiche Buchungssystem in da Firma eingführt ham, ob mia des recht is. Freiheit is, daß ma gfrogd werd, wenns oan ogäd. Des neiche Buchungssystem is kumma und i bin auße gflogn. Wem sei Freiheit is nachad des? De meine? Bestimmt ned. Des is de Freiheit von da Firmenleitung, daß duad wos wui. Und wia hamms erna den Computer kaffa kenna für 40 Millionen? Doch von dem Geid, des mia vadernt ham. Wei mir ham Stricksachan hergsteit, und de Stricksachan hod ned da Herr Paulig in seim Büro hergsteit, sondan de Arbeita –

ANNI An seine Strickmaschinen.

ERWIN An SEINE, ja. Des is a a Freiheit in unserm System, daß des seine san. Ogfangt hoda mid fünf Strickerinna, de in Heimarbeit garbad ham. Dene hoda so wenig gem fia de Strümpf, daßa boid sovui Geid ghabt hod, daßa a Strickreihe hod eirichtn kenna. Und nachad hoda seine Heimarbeiter ind Fabrikhalln einegsitzt und dort arbadn lassn. Fira bißl mehr Lohn hams vui mehr gstrickt. Und so is weida ganga. Mia ham erm den Reichtum brocht, mia, mid unsara Arbad hamman erm brocht. Und des is sei Freiheit, da schaugt da Staat Tag und Nacht, daß an dera Freiheit ja nix passiert: daß ma andere Leit für sich arbadn laßt, daß ma schlecht zoid und ausnuzt. Des is de wichtigste Freiheit, auf der des System funktioniert. Und dagegn hättn mia sogar gar nix ghabt. Aba je mehra Geid daßa vadernt hod, da Herr Untanehma, um so mehra hod erm da Hafan gstocha: und um so mehra is erm um sei schens Geid leid worn, des wosa seine Arbeita gem hod miassn. Und do hoda ogfangt, von dem, wos mia erm an Reichtum vadernt ham mid unserm Fleiß, sochane Maschina zkaffa, de wo koane Menschn mehr braucha. Mid unserm Geid hoda uns ausradiert aus seiner Firma. Investitionen erleichtern hoaßts bei dene ganzen Schwindler in der Wirtschaft. Wer investiert denn no in an Arbeitsplatz? Koana, in da Vanichtung vom Arbatsplatz werd investiert ... Und mia ham de Freiheit, daß mia zuschaugn, wia de andan uns am Kragn umdrahn ... Mehra ned. *(Pause, er schnauft, leiser.)* I kriag nia mehr an Arbad, Anni, des is an Illusion. Mia miaßn uns durchfrettn, und nachad ko i vielleicht in zwoa Johr für die vorgezogene Rente eigem, des is ois, wos i no an Freiheit in dem System hob und du aa.

ANNI Aba du host seiba oft gsogt: liaba bei uns arbatslos ois wia drübn mid Arbad. Erstens verdien i bei uns ois Arbadsloser mehra ois wia drübn als Hauptbuchhalter und außadem hobe mei Freiheit.

ERWIN Des hobe gsogd, wiri no ned arbadslos war. Heit mechat i arbadn, scho boid um jedn Preis. Des schlimmste is doch, daß i do bei dir in da Kuchl sitzn muaß an ganzn Dog, und daßi aufd Uhr schaug und de Zeid ned vagäd, und daßi ned woaß, wose mid da Zeid ofanga soi, bevors Fernsehn losgeht. Naus trau i mi ned, weili ma deng, de Leit, wo mi seng, frong se: warum hodan der Zeid, daßa spaziern gäd, wo de andan Menschn arbadn. Und nachad songs: dea is arbadsschei oda zbled. *(Kleine Pause)* Des is ois wira Grangheid, vaschdesd, des is, ois wenni an Aussatz häd, mid soichane Binkeln im Gsicht, und wer rennt damit scho gern umananda.

ANNI Hosd koane Binkeln. Bist ned schuid.

ERWIN *(laut)* Mia is aba, ois wenni Binkeln häd.

ANNI Und deswegn mächsd etza am liabstn midm Luftgwahr de Tornados vom Himme owa hoin und schduisd.

ERWIN *(verlegen)* Ja.

ANNI Des nuzt nix.

ERWIN Na, so weid glangd as Luftgwahr ned und a Fabrik komma ned schdein, wos no a normale Buchhaltung ham, oane, de zu mia baßd.

ANNI Glangd da des Armbandl ned?

ERWIN Mei Recht wuie, mei Ehr wuie, mei Arbad wuie –

ANNI Da Dieb redt von Recht und Ehr! Sauba –

ERWIN *(laut, verzweifelt)* Arbad!

ANNI *(nach einer Pause, vorsichtiger)* Etz laßma des und feian Weihnachtn. Des Armbandl damma übamorgn zruckschicka anonym –

ERWIN Des gherd dia, des hobe ma dakämpfd, des muaßd bhoitn, des muaßd iwaoi hi oziang, des muaß jeda säng, des muaßd bhoitn. *(Kleine Pause)* Sog, daßda gfoit, sog, daßdas bhoitst, sog, daßdas oziagst. Sog epps, sunst sitz i mi untan Christbaam und zünd mi o wia de Kerzn und brenn mi nieda: Schaugts her, ois kennts es ned macha mit dem oidn Ruhsam, da gibts a Grenz, wo der sogd: I mog nimma.

ANNI Schbinna –

ERWIN Von dem, wos a Ehr is, habts es Weiba koan blassn Dunsd. Sinnlos mid dir do drüba zredn.

ANNI *(laut)* Dei Ehr host beim Schdein valorn.

ERWIN Glogn, mei Ehr hobe valorn wia i Ogstellter worn bin, do hobe de Frontn gwechselt, des wars. Wia i de andan in Arsch neigrocha bin –

ANNI Gä, hea af, liagst di imma diaffa ind Schand. Wia heid woaßis no, wiasd kumma bisd vom Arbeidsamt und gschrian host: I hobn bschdandn an Eignungstest, i hobn bschdandn, und gfreit host di wia a Schneekenig.

ERWIN Des war de Falle!

ANNI Des war koa Falle damals, sondan a Riesnglück: Ois Boistara waarst du scho 20 Johr arbadslos, und daß du an Schbrung vom Boistara zum Lohnbuchhoita gschafft hosd, des vadangst –

ERWIN meim Hirn –

ANNI dem aa, aba am Staat a, der wo di umschuln hod lassen 69 und dea wo wos investiert hod in di, und da warst aa nimma da Allajingste! Aba, hod da Staat gsogd, dea is ned bläd, dea kriagd a neie Schanse, des hod doch da Staat damois aa ned wissn kenna, daß de Entwicklung aso laaft, daß du heid wieda umschuln miaßast. Des hod koana gwußt!

ERWIN Heid sogd aba koana mehr wos vom umschuln!

ANNI Schaug di o, da Staat is doch ned blind, dea hod 200 000 Jugendliche, de wo koa Arbad ham und koan Beruf, dea werd doch ned –

ERWIN – in an oidn Deppn investiern.

ANNI Man muaß se nach da Deckn streka –

ERWIN De Jugendlichen kenna doch wartn, de ham no as ganze Lem vor sich, aba i ko nimma wartn!

ANNI Des wersd lerna miassn!

ERWIN Sau!

ANNI *(nickt)* Wennma de Wahrheid sogd, nachad is ma a Sau, i woaß scho.

ERWIN Du ghörst a zu meine Metzga!

ANNI Olle ghörn dazua, des woaße scho, grod wias da in Gram nei baßt.

ERWIN Baßd ma ned. Wiri vom Boistara aufd Buchhaltung umgstiegn bin, do bine de Obern in Arsch nei krocha, des hobe scho auf da Schulung gmerkt, des is etza a andara Wind, etza bine auf da andan Seitn –

ANNI Hosd gmoand, weilst an Einbuidung ghabt host, weisd aso do hosd, ois dadsd du die Leid von deim eigna Geid wos gem, ois kammaten de jeds Monat zu dia zum Beddln, so wia du etzad zum Arbadsamt –

ERWIN Sog des noamoi!

ANNI Schdimmts vielleicht ned? Aufgschbuid hosde, und gredt host, daßi mi gschamt hob, wennma an Bsuach ghabt ham, weisd aso ogem hosd mid »deine Leid« und »deina Firma« und »deim Geid« – in Arsch bisd erna einegrochen, de andan, des schdimmt, und etza, wos di nimma brauche kenna, hams die außadrugd, und recht hams ghabt: Im Arsch von da Firma is ma unersetzlich, solang ma brauchd werd, und wennma nimma brauchd werd, isma bloß no a Schbulwurm.

ERWIN *(schlägt zu, sie schaut, er leise)* I bin koa Schbulwurm! Sog daßi koa Schbulwurm bin, sunst –

ANNI Kriege no oane? Is da dann leichta, wennma scho ned de Tornados dawischt, nachad ko ma wenigstens da Oidn oane ind Fotzn haun, des duad a guad, und erleichtert, gei?

ERWIN Nimm des zruck, sunsd haue no amoi zua –

ANNI Ja, hau doch, hau zua! Glabsd denn du, i fürcht di? Ja warum denn? Du –

ERWIN Arbadsloser oider Depp –

ANNI *(schaut)*

ERWIN Hosd koa Achtung mehr vo meina, gei, des is.

ANNI I hob koane mehr? Du host doch seiba koane mehr vor dia! Des steckt doch o – du bisd doch gar nimma du! De eigne Frau schlogn und oschbeim, damit erm sei Ehr ned drauf gäd. Bessa i gä drauf ois wia dei Ehr, gei?

ERWIN *(schaut, Pause)* Na! *(Schreit)* Nein. Du bist mei Ehr, hosd an des no ned gmerkt? Ja merkst denn du gar nix mea, ha?

ANNI Nasnbluatn hobe.

ERWIN I bring da a Tempo.

ANNI Des kone ma scho seiba hoin, du woaßt a ned amoi, wos san.

ERWIN Sogst mas, wos san!

ANNI *(schaut ihn an, nickt)*

ERWIN Fia wen dua i denn des, vor wem scham i mi denn? Voa mia? Moanst wirkle? Voa mia, oda vor da Wand? Vor dia schame mi, du bringst mi uman Vaschdand. Wenne alloa waar –

ANNI *(schreit)* Bisd aba ned, bisd seid dreißg Johr ned, hosd des no ned gmergd –

ERWIN Alloa ko ma d Schand aushoitn, wei ma se vaschdegga ko, aba du sigst mi –

ANNI Weile ned blind bin.

ERWIN *(nickt)* I wui a lem hom, daß du wieda an Respekt vor mia host.

ANNI Respekt?

ERWIN Daßd song kosd: des is mei Mo, des is da meine, und di ned schamma muaßd –

ANNI Schamm mi ned, wennsd ned schduisd.

ERWIN *(leise)* Doch, i merks. Des merkt ma, merkst as du ned?

ANNI *(schweigt)*

ERWIN Host koa Benzin?

ANNI *(schaut)*

ERWIN *(ton- und lustlos)* A Benzin nemma, zum Arbadsamt geh und si ozindn, und kurz bevor ma hi is no schrein, daß de ganze Schdod hört: des machts ihr ned mit mia!

ANNI Und nachad hobe an Respekt vor deina Aschn.

ERWIN Vor meiner Erinnerung.

(Pause)

I ko nimma und i mog nimma. Warum kriage koan Krebs, daße krepier. Mia feit nix, oiwei hobe a Gribbn ghabt an Weihnachtn und heia – mia feid nixe. Mia grausts vor mia –

ANNI Mia ned.

ERWIN Des merkst du gor ned.

ANNI I merk ma gnua, mia langds.

ERWIN A Benzin brauchad i, a Benzin.

ANNI Kafst da oans –

ERWIN Ob ma des so oafach griagt? Wenn ma koa Auto nachweisn ko –

ANNI Sogsd, es is fürn Rasnmäha –

ERWIN Wenn mia koan Gartn ham –

ANNI Genau.

ERWIN Dregsau, dreggerte –

ANNI *(nickt)*
ERWIN I wui ned sterbn, i wui arbadn.
ANNI Des waar a bessa –
ERWIN I brauchat a Schanse, a richtige Schanse, nachad dad i da scho beweisn, wos in mia schdegt – aba unsaoana hod ja nia oane.
ANNI Jeda, jeda hod oane.
ERWIN I ned.
(Es läutet)
ANNI Etz leits.
ERWIN Schmarrn, wea soin des sei?
ANNI Hearsd ned, daß leit.
ERWIN Des isa Irrtum, machma ned af, des is glei vobei. Mia san ned dahoam. Mia san scho dot.
ANNI An Weihnachtn is a jeda dahoam. *(Wieder Läuten)* I mach af –
ERWIN – daß uns ibafoin.
ANNI Große Redn schwinga, aba zfeig sei, daßa sei Wohnungsdia afmacht, wenns klingelt.
ERWIN I erwart koan Bsuach.
ANNI *(hat aufgemacht)* Ja bitte –
MANN Tschuldige Sterung. Suche Pension Gerz.
ANNI Was –
ERWIN Mia san ned die Pension Gerz –
MANN Suche Pension Gerz.
ANNI Gerz – des hobe scho amoi ghärd –
ERWIN Gastarbeitaabsteige is des, irgandwo – in da Näh –
ANNI Wo?
ERWIN Woaße ned.
MANN *(zeigt einen Zettel)* Schaue Zettel: GERZ.
ANNI *(schaut, nickt – man hört es schreien.)* Was isn des?
MANN Gerz.
ANNI Was da jammert im Treppnhaus –
MANN Ise meine Frau ise grank.
ERWIN *(leise)* Des san Schwindla, Trickbetrüga –
ANNI A Frau hoda aa dabei.
MANN Gerz. Habe bloß Name kein Adress –
ANNI *(schiebt den Mann beiseite, nach draußen)* Is erna schlecht? *(Es jammert.)*

ERWIN *(hält sie fest)* Geh koan Schritt aus da Wohnung, koan Schritt – geh eina, mach de Dia zua – zuamacha, hobe gsogd –

MANN Nixe wisse Gerz?

ERWIN *(böse)* Nixe wisse, du gehe, frage woanders, mia nixe wisse –

ANNI *(schaut hinaus, es schreit deutlicher.)* Was dein Frau habe?

MANN Nix habe, grank.

ANNI Grank oda du habe *(deutet Schläge)* –

MANN Mama mia nix habe –

ERWIN Wennst naus gäsd, mache de Dia hinta euch alle drei zua. Du nehme Füße in Hand und gäe schnell, sonst ich hole Bolizei –

MANN Bolizei – warum?

ERWIN Weil ich nix Gerz, ich Ruhsam und heut Weihnachten – ich feiern und wolle mein Frieden.

MANN Alles gut, nix Bolizei, wolle bloß frage. Dankeschen, auf Wiedersehn – *(Er dreht sich um zum Gehen – ziemlich lauter Schrei.)*

ANNI *(draußen)* Gengans eina, sie soin eina gä, hobe gsogd –

ERWIN Schbinnsd du.

ANNI Halt dei Mei, sigsdas ned, wos de Frau hod –

ERWIN A Kissn hods untam Bauch, a Kissn, des isa Drix, und wenn mas einalassn, duad ses außa und dastickt uns damit –

ANNI *(die Frau wehrt sich, sie will nicht in die fremde Wohnung.)* Eina soins geh, hobe gsogd, bevor i grante wer, in dem Zustand kennans doch ned umanandahatschn – *(zum Mann, der seine Frau auch nicht in die Wohnung lassen will)* Und du tu deine Finger weg – du verstehe eine Scheißdreg von diese Sach, das mache Frau unter sich aus –

ERWIN Wenstas eina laßt gä i –

ANNI Na gä – *(Die fremde Frau geht immer wieder in die Hocke, sie hat sehr starke Wehen, Anni führt sie herein –)* Gengans nua eina, i bin doch a a Frau – vun mia brachas doch koa Angsd ned hom, i dua erna nix – *(Sie bringt die Frau in die Küche.)* Hisitzn – sitzen is besser wie liegen, kapitto *(Die Frau setzt sich nicht hin, sondern hockt sich auf den Boden.)* Is ma aa recht – *(gibt ihr Kissen)*

(Im Gang stehen sich die beiden Männer noch gegenüber – der

Mann traut sich nicht herein, er schaut einmal Richtung Küche, einmal Richtung Erwin.)

ERWIN Du gehe mit, aba ich warne dir, ich stark.

MANN Gerz, Pension Gerz!

ERWIN Nix Gerz, ich Ruhsam, Erwin.

MANN Gerz –

ERWIN Uno momento – *(großer Einfall)* ich suche in Telefonbuch, sage dir Straße und Hausnummer von Pension Gerz.

MANN *(nickt)* Gerz –

FRAU *(hat eine große Wehe)*

ANNI Fest und diaf schnaufa, und drucka, wenns kimmt drucka – *(will es vormachen)* ned aufs schnaufa vagessn, drucka, schnaufa, drucka – sehr gut – etz werds glei wieda kumma – ja wos schdäds denn es do ois wia Bamaffn – du gehe her halte Kopf von Frau sunst bum bum auf Boden – und du –

ERWIN I ruf an Nodarzt –

ANNI Wos scho außa rumpelt *(Frau schreit)* tief ein und drükken – pfm und haaa – pfm und haa – ma sogd doch oiwei daß de südlichn Lända si midm Kindakriang leichta dan – erstes Kind von deine Frau?

MANN Erste Kind –

ANNI Na pfiati God –

ERWIN Wo isn as Delefonbuach? –

ANNI Laß as Delefonbuach in Ruah, du oida Depp du oida, hoidn soidsas, hoidn, damitsese ned an Schädl eihaut *(schreit den Mann an)* Du halte was können – da – etz hodses d Lippn eibißn –

ERWIN I ko as Delefonbuach ned findn – *(Er äugt in die Küche.)* Beig de ned so weit oba, de markiert, und schmeißd se af di – erm hobe im Aug –

ANNI Brav, des is brav – brav is des – und nomoi – sigsdas, und etza wenns kimmt wira Wein – nachad laßd di midschwoam damit und drucksd – und fest festa – und as schnaufa ned vagessn und nomoi, a des gäd doch – ja wia des gäd und etza werds glei wieda kemma. *(Die Frau schreit)* Is scho do, wos hobe gsogd, oa Wein nach da andan – schnaufa und drucka und nachlassn, laß aus, mach an Mund auf so ja, so ja *(gibt ihr etwas)* beiß drauf – dea Depp duad ois, wenn er as Kind kriang dad, hoitn soisd, ned umbringa soisd das – Luft laß ihra, nomoi und hoch und festa, und festa und –

ERWIN *(ruft von draußen)* Koa Kissn ned?

ANNI A Kissn mid schwarze Haar und kloane Händ –

ERWIN Des glabe ned, de woin uns grad durchnanda bringa!

ANNI Ned nochlassn etz, etz derfst ned nachlassn. *(Die Frau schreit.)* Weida, du kosd doch etza ned aufhärn, weida *(stößt sie)* weida, weida – weida, weida, weida – oamoi no, nomoi, oamai no – weida – *(Pause)* Guad is, guad is, des war brav, des war aba ganz brav war des, ganz ganz brav – *(Man hört es wimmern.)* Hersdas? – *(zur Frau)* Wos hobida vaschbrocha? Do schaug, schaug das o, wos do kumma is, schaug da den Brackl o, mei Liawa – *(zu ihrem Mann)* bring a frische Rasierklinga – *(schreit)* A Rasierkling soisd bringa.

ERWIN *(gibt sich einen Ruck, holt eine Klinge, bringt sie vorsichtig)*

ANNI Do – des muaßd aba seiba macha, des kone ned, des bringe ned zam – *(Die fremde Frau nabelt das Kind ab.)* Des kons, da schaug hea, wos de kon, des kons, hosd des von deina Muatta glernt ha? – Nix Arzt in deine Heimat?

MANN Nix.

ERWIN Aba bei uns viel Arzt, mia hole erste Hilfe, suche bloß Telefon und dann rufe an und dann Frau und Kind und du gehe Grankehaus –

MANN Nix Grankehaus, Gerz, Pension Gerz –

ERWIN Nix Gerz, Grankehaus –

MANN Gerz –

ANNI Des isa.

MANN *(starrt sein Kind an, rennt zu seiner Frau, umarmt sie, weint, lacht)*

ANNI *(zu Erwin)* Des isa –

ERWIN Koa Kissn.

ANNI Na. *(Schaut, lacht)* Servus, du geboren in meine Küche, willkomme auf Erde.

ERWIN Dea hod seine 8 Pfund, de hoda.

ANNI Daß de mid lange schwarze Haar aufd Weid kumma hobe ned gwußt –

ERWIN Ja, dea hod lange schwarze Haar, de wern erm no ausgeh und nachad kummas wieda –

ANNI Moanst.

ERWIN I glab scho, des hobe glesen –
(Das Paar will was.)

ANNI I bring erm scho, i dua erm scho nix, kriagsd erm scho – *(trägt das Kind hinein)* Do, do hosdn. *(Gibt es)*

MANN *(springt auf, umarmt Erwin, dann stürmisch Anni)*

ERWIN Des is fei mei Oide, gei, de gherd mia, Kameltreiba –

MANN *(nickt glücklich)*

ANNI Du große starke Kind! Do kosd da gratuliern! Gratulatione. Und tapfere Frau, tapfere Frau –

MANN Tapfere Frau –

ANNI Des kosd laut song – zerscht hobe gmoant, sie varegd ma, und wias do war – mei Liawa, do hodse se zheifa gwußt.

ERWIN Wo is mei Rasierkling?

ANNI Do.

ERWIN *(verlegen)* De bracht ma ja ned wegschmeißn, dea feid ja nixe, de buze ob und nachad –

ANNI Baß nua auf, daßes ned hoamle eistecka dei Rasierkling und mitgä lassn.

ERWIN I moana bloß, daß si koana wä duad damid –

ANNI Ja.

ERWIN Und etz?

ANNI I hob nach da Geburt an Mords-Hunga ghabt –

ERWIN *(schnell, verlegen)* I hob nix dageng, mia is rechd. Aba ma soi de fremdn Leit ned hergwena, i mechat an Kranknwagn ruaffa, aba des wuia ned.

ANNI Wos?

ERWIN Des wuia ned.

ANNI Du nix wolle Krankehaus für Frau und Kind.

MANN Gerz.

ANNI Frau is tapfer, aber schwach. Mia in Deitschland gehe Krankehaus für kriege Kind. Frau schwach, Kind schwach, Krankehaus gut.

MANN *(schüttelt den Kopf)* Wir gehe Gerz.

FRAU Gerz.

ANNI De ham Angst vorm Kranknhaus.

ERWIN De ham ned vorm Kranknhaus Angst, de ham von was anderm Angst.

ANNI Von wos?

ERWIN *(zu dem Mann)* Du nix wolle Krankehaus?

MANN Nix.

ERWIN Du wolle nix Formular und – du habe nix Genehmigung für du sein in Deutschland, stimmts? Bolizei du Angst? Stimmts?

MANN *(erstmals härter, ernster)* Nix verstehn, nix Bolizei. Gerz.

ERWIN Du gut verstehn, du illegal hier, deswege du nix Krankehaus, nix Behörde, nix Einwohnermeldeamt, nix Paß.

MANN *(sagt nichts, schaut)*

ERWIN Schau ihn dir an, wie er jetz schaut.

MANN *(sagt seiner Frau was in türkisch, sie antwortet, dann schnell)* Meine Frau sage, is vorbei, kanne aufstehn in zehn Minute, dann wir gehe.

ERWIN Sigsd, des is da wunde Punkt bei dene.

ANNI Sei still.

ERWIN Isa aba.

ANNI Sag erna, daß dableim kenna.

ERWIN Wia lang?

ANNI *(denkt nach)* Bis morgn – drei Tag, solang brauchts, bis wieda aufkummt.

ERWIN Wenni dem drei Dog sag, versteht er drei Monat, oda länga.

ANNI Wea woaß.

ERWIN Freile, schaugs doch o, wo soin denn de hikenna, des sigd ma doch, daß de nirgends hikenna.

ANNI Nix Wohnung in Deutschland.

MANN Wohnung.

ANNI Hier in Deutschland, wo du wohne, wo?

MANN Gerz.

ANNI Und dann?

MANN Fahre Essen.

ANNI Essen.

ERWIN Do werda a illegale Arbad in Aussicht hom. Vielleicht hoda de Abfindung kassiert fia de, wo freiwillig zruck in erna Heimat gengan, und is schwarz wida üba de Grenz retour und etz wuias a zwoats Moi kassiern.

ANNI Des glabi ned, des san anständige Leit –

ERWIN Wos hodn des mid anständig zdoa, jedenfois woins nix außa der Pension. Des werd de Anlaufstelle sei, wo se se meidn miaßn, und von dort gäds nachad weida, an irgend a Leihfirma, wo de Deitschn die Arbeitsplätze wegnimmt mid Illegale.

MANN Nix illegal.

ERWIN Moanst i bin bläd.

MANN Was sagen?

ERWIN Moanst ich bin ein Depp.

(Der Mann sagt sehr herrisch und gehetzt was zu seiner Frau auf türkisch.)

ERWIN Etz beratns, wos doa soin, und zwar auf ausländisch, damit mia nix vastengan. Wosi sog.

ANNI Halt endlich das Maul.

ERWIN Mechst as do ghoitn? Vastecka? De iwa uns wissn doch etz scho bei dem Gschroa, daß da wea bei uns is – mia derfa ned amoi untavamietn laut Mietvertrag, geschweige denn Illegale beherbergen. Und von wos soin mir lebn? Zu fünft? Von de 58 Prozent Arbeitslosenhilfe, de i no kriag? Wenns illegal san, dann kriang de von niemand nix, a koa Fürsorge kriang de. De san Freiwild, wennst de daschiaßt, da gibts koa Fahndung, wei de ned existiern, juristisch, sondern bloß menschlich und des zählt ned.

ANNI De oane Nacht bloß.

ERWIN Vo mia aus.

ANNI Du bleibe mid Frau und Nacht – mit Frau und Baby da – hier, Haus, uns.

ERWIN Wia lang hosd ned gsogd.

ANNI Des soge erna moing.

ERWIN Du bleibe bis Sonne scheine und dann avanti.

MANN Nix Krankenhaus?

ERWIN Nix, wenn du morgen avanti.

MANN Gerz –

ERWIN De woin gar ned, da sigsdas.

ANNI Aba i wui.

ERWIN Und wea bleibt auf und baßt auf, daß uns in da Nacht, wenn mia schlaffa, ned de Wohnung ausramma und morgn in da fruah wachan mia aufm Fuaßbodn auf und ham ned amoi mehr de Matrazn im Kreiz?

ANNI De schdein ned.

ERWIN Wuidfremde Leit, Anni, des san wuidfremde Leit, no

dazua soichane, de auf am Weg nach Deitschland kumma san, der wos scho bei da Ankunft midm Gesetz in Konflikt bringt, de san praktisch vorbestraft scho wenns an erstn Fuaß da eina setzn – gangatn mia ind Türkei? – Eh ned, aber wenn scho, gangatn mia ind Türkei, wenn mia wissn dadn, mia derfa ned. Schwarz üba de Grenz, ziddern bei oana jeden Gelegenheit – gangatn mia bloß mid oana foischn Adress von da Pension Gerz nach Istanbul.

MANN Gerz! Nix Istanbul, München.

ERWIN Em. Dadn mia des?

ANNI Wennma in da Türkei koa Arbad kriagd –

ERWIN Kriagd ma bei uns oane? Hob i oane? Gä i deswegn ins Ausland?

ANNI Wei ma zoid san.

ERWIN Weil ma ned midm Gsetz in Konflikt kumma woin.

ANNI Hosd ned de Starfighter obaschiaßn woin vor oana Stund.

ERWIN Des is wos andas.

ANNI Wos andas is des?

ERWIN Des is real, de drei san aus Fleisch und Bluat. Mia kenna ned zu fünft lem von meine paar Mark, wei ma zu zwoat scho nimma zrecht kemma.

ANNI Und wenna a illegale Arbad kriagd und wos hoam bringd.

ERWIN Schaug erm doch o – wos soin der kenna, und sogor wenna wos ko: sovui wia de drei braucha, kriagda ned, und ois Illegale scho zwoamoi ned. Woaßd du, wos Babynahrung kost? Alete Kost fias Kind, woaßt, wie deia des is? –

ANNI Mia ham de Kinda nachm Kriag a billig aufzogn –

ERWIN Anni, wia lang gäd an es guad, und nachad sans uns draufkumma, daß ma Illegale vastecka, so wia manche Deitsche Judn vasteckt ham im Dritten Reich – nachad kriang ma de fristlose Kündigung, und nachad san mia af da Straß wia de do.

ANNI Na song mir ebn, wenns uns dawischn, daß mia de vasteckt ham, damits ned wia Schlachtviech wieda übad Grenz abgschobn wern –

ERWIN Schwarz schlachtn is vabotn –

ANNI Wea redt den vom schwarz schlachten –

ERWIN Du hosd –

ANNI Nix hobe –

ERWIN Du hosd gsogd –

ANNI Mia san glei ferti – du und Frau und Kind bleibe über Nacht, esse und trinke und schlafe und morge gehe Gerz –

MANN Deine Mann –

ANNI Meine Mann nix Problem, ich Chef.

MANN Mann ist Chef.

ANNI Ich Chef.

MANN Deine Mann nix Polizei?

ANNI Nix. Rufe nix, finde nix Delefonbuch, finde nix, habe nix, ise arbeitslos, seit ise arbeitslos ise blöd.

ERWIN Bisd schdui, wos gädn des den o? Des is mei Sach! – Wuisd mi vor dem türkischn Hund ano bloßstein?

MANN Arbeitslos –

ERWIN *(außer sich)* Freile bine arbadslos, freile, und warum? Vielleicht deswegn wei soichane wia du si bei uns eischleicha und uns de Arbad wegnemma. Do brauchst ned aso bläd schaugn, des is scho so, du bisd zwar koa Lohnbuchhalta, dazua bisd du zbläd, aba woaß i, obs ned an Türkn gibt, dea wo irgendwo sitzt und von deitsche Arbeitnehma an Lohn ausrechnet? Sog wos –

ANNI *(schreit)* Erwin, hör auf.

ERWIN *(drüber)* Warum denn? Wos dad denn er sogn, wenni bei erm eibrich an seim Sabbat, oda wia des bei erm hoaßt, am höchstn Sabbat, des wos gibt, und nachad kimmi ned bloß und kriag Einlaß fia zwoa, sondan kaum bine drin in seim Haus, nachad mißbrauch i sei Gastfreindschaft scho und bin glei zu dritt, kaum daßma schnaufa ko und so weita, morgn zu viert und so fort – und wann is Deutschland Türkland? *(Kleine Pause)* Wo sansn? *(Pause)* Wo san etz de hi?

ANNI *(schaut, sucht, leise)* De san weg.

ERWIN Etz sans weg. *(Geht zur Wohnungstür, schaut hinaus)* De san üba alle Berge. Etz beginnt die Suche.

ANNI *(schaut)*

ERWIN Wos mitgnomma ham, mia ham uns eine Blöße gem, mia ham gstrittn, leida – und des hams ausgnutzt –

ANNI Des überlebt der Bua ned –

ERWIN Wos?

ANNI Des ibalebt der Kloane ned, dea war aso bluti um an Nabl, de kemman ned weid –

ERWIN Acht Pfund Reisegepäck mehr, und wenna dot is,

schmeißns an überflüssign Ballast iba Bord. Na kemmans in Essn wieda zu zwoat o – des werd erna a liawa sei. Oa Fressa weniga – wenns erm ned eh in de nägste Mülltonne dern.

ANNI Dea hod mi zerscht ogschaugt.

ERWIN Wos?

ANNI Dea hod ois erschts mid seine kloan Augn mi gseng.

ERWIN Und ois nächst sigd a de Müllabfuhr.

ANNI *(schreit)* Erwin.

ERWIN Wenna stirbt, werda blind und sigd eh nix mehr.

ANNI Dea derf ned sterm.

ERWIN Sigsdas seiba, schaug –

ANNI Wos?

ERWIN Do – Gerz, Gerz, Gerz – gibts eine Pension Gerz in dem Telefonbuach. Gibts ned! Schaug.

ANNI Nachad sans betrogn wordn – von dene, wos aus da Türkei außaghoid ham *(Pause, laut)* Erwin, hois zruck, Erwin, wenn da no irgendwas an uns liegt, nachad hoisdas zruck.

ERWIN I suach eh, aba i find koa Pension Gerz. De gibts ned.

ANNI Mi hoda zerscht ogschaugt, i hob erm außa und i hob erm vaschbrocha, daß as Lem sche is. I hob erm gsogd: gä lei außa Mandl, gä lei außa, es Lem is sche, werstas scho säng, werstas ned bereun, gä außa, brauchst koan Angst ham, kum, i vaschbrich das, daß sche is. Wira des ghärd hod, isa kumma, i bin erm im Wort, Erwin, i hobs erm vaschbrocha, wo isa?

ERWIN Wo is dei Armbandl?

ANNI Wos?

ERWIN Wo des Armbandl is, des wo i unta Valust von meina Ehr gstoin hob?

ANNI Wos woaß i, im Etui –

ERWIN Is ned, des is ned do – des hams midgä lassn. *(Schreit)* Ja sigsd as denn oiwei no ned ei, du blede Gans, daß des Gsindl war, Gsindl, wo is des Armband, des wos gstoin ham, midgä hams es lassn – wo is?

ANNI *(zuckt die Achseln)*

ERWIN Furt is, genau, furt. Der Plan war an andana, de wolltn scho no mehra midgä lassn, aba dazua hods ned greicht, weil i aufbaßt hob, aba des Armbandl is do gleng, und des hod erna glangt, morgn machan ses bei wem andern, jedn Dog an Dausenda – wei se des ned rentiert.

ANNI Und jedn Dog a Kind –

ERWIN Wea woaß, vielleicht war des aa bloß a Drix, wea woaß –

ANNI Do is –

ERWIN Wos?

ANNI Do is dei Armbandl –

ERWIN Zoag her –

ANNI Do –

ERWIN Wirkle, des is, des is wirkle und austauscht ham ses a ned – wei des is ned so leicht, des woaße.

ANNI I waars gern losworn.

ERWIN Gott sei Dank, des is ned nausganga.

ANNI Hosdas wieda, kosdas behoitn.

ERWIN Wos duasd?

ANNI I gä erna noch, i muaß findn, de finde sicha, fia di is gsorgt, woaßt, i hob no zwoa Liter Brennschbiritus zum Butzn, den kost hom, do isa, dea langt, kosd de ibagiaßn und brennst o wia a Kerzn, i schaug von draußn zua.

ERWIN I woits ja a orufa, aba es gibt koan Gerz im Delefonbuach.

ANNI Da Brennschbiritus, des is 90 Prozent Alkohol, dea nuzt.

ERWIN Vielleicht hoaßns ned Gerz, sondern Kerz, K, und ma muaß do nachschaung.

ANNI I gä.

ERWIN Soi i me umbringa.

ANNI Ja, vabrenn di, schaug, wos übrig bleibt.

ERWIN Und wennma midanand gengan und suacha. Vier Aung seng mehr! *(Kleine Pause)* Psst – etz schbuins Stille Nacht, des hersd doch so gern.
(Aus dem Radio Stille Nacht ...)

Ende

Weitere Aussichten …

Stück in einem Akt

Bühnenbild:
Eine kleine Altbauwohnung mit Blick auf einen Hinterhof. Die Wohnung besteht aus einer Wohnküche und einem Zimmer, das als Schlafzimmer eingerichtet ist. Wasser gibt es im Flur, Klo auch.
Die Wohnung ist von geradezu unglaublicher Sauberkeit, sie ist allerdings sehr vollgeräumt mit Möbeln, Tüchlein, Kissen, Nippes, Wandschmuck, Erinnerungsgegenständen etc. Es ist eben alles darin zu finden, was sich im Leben einer kleinen Familie so ansammelt ...

Zur Figur der Frau Ruhsam:
Sie ist natürlich alt, sie wird am nächsten Tag in ein Altersheim umziehen müssen. Sie hat sich überreden lassen, die Wohnung wird ja renoviert, sie hinausgeworfen.
Es wäre nun falsch, die Rolle mit einer sehr alten, schon schwächlichen Schauspielerin zu besetzen, obwohl denkbar wäre, daß man auf diesen Irrtum verfällt.
Ich warne: Je »jünger trotz des Alters«, je lebfrischer und kräftiger die Frau Ruhsam dargestellt wird, um so größer ist letztlich die Tragik des Stücks, das ja auf das Elend, und zwar auf das ganz gewöhnliche Elend des Alterns und Abgeschobenwerdens hinweisen will. Je mehr Frau Ruhsam sozusagen »abgeschaltet«, »kaltgestellt« und »zugedeckt« wird, obwohl sie noch prima beisammen ist, um so klarer wird der Vorsatz des Stücks.

Zur Sprache:
In diesem Stück war es möglich, das Bayrische wirklich bis auf einen notwendigen Rest zu vergessen. Ich empfehle dringend, in außerbayrischen Gegenden das Stück in den dort jeweils üblichen Dialekt zu übertragen. Frau Ruhsam spricht ja hundertprozentig *einen* Dialekt, und der sollte ortsüblich sein.
Das Nachahmen des Bayrischen ist – fast immer – unerträglich und führt zum Zoo-Effekt und nicht zur direkten Übertragung von Realismus auf die Situation des Zuschauers.

FRAU RUHSAM *(steht am Vogelkäfig neben dem Fenster, sie schaut ins Freie. Der Kanarienvogel singt.)*

Singst?

(Pause)

Hast recht! – Weil du dumm bist.

(Pause)

(leise) Aber man soll sich ned unterkriegen lassen. Du hast ganz recht.

(Pause)

Sing nur weiter, weil du schön singst, is es keine Schand!

(Pause)

Gott sei Dank, daß dich der Bub, der Otto nimmt und die Lina. Mir is ein Stein vom Herzen gefallen, wie sie gesagt haben: Oma, mach dir keine Sorgen. Den Burle, den nehmen mir!

(Pause)

(Sie nickt sich zu.) Ein Problem weniger! Gut.

(Pause)

Wenns dich in Ruh lassen, die Kinder, hast du dort ein schönes Leben.

(Pause)

(Sie überlegt.) Die müssen dich schon in Ruh lassen. Ein Kanarienvogel is kein Spielzeug, sondern etwas Besonderes, das sieht ein jeder, der Augen im Kopf hat.

(Große Pause)

Wenn ICH mit dir red, dann brauchst nicht singen, sondern zwischendurch. Dann weiß ich, daß du mich verstehst, und brauch es nicht nochmals sagen. *(Kleine Pause)* Das hab ich dir schon hundertmal gesagt, und jetzt sag ich es dir zum dritten Mal. Überhaupt wird es Zeit, daß du dich zum Schlafengehn herrichtest. Gleich deck ich dich zu, und eine Ruh is bis morgen!

(Große Pause)

Ich geh heut noch nicht so schnell ins Bett. Ich mach mir sogar noch einen Kaffee! Ob ich dann schlafen kann oder nicht, das ist mir in dem Fall ganz gleich. *(Nickt, geht nach draußen, holt Wasser, setzt es auf den Herd, schaltet das Gas an.)*

(Pause)

Jetzt, wo ich so lang still gewesen bin, hättest singen können. Bist ein Depp, damit du es weißt!

(Pause)

Aber was wird sich auch so ein junger Vogel mit einer alten Frau unterhalten? *(Sie bereitet alles für den Kaffee vor.)*

(Pause)

(Sie nickt sich zu, leise.) Das geht auch vorbei. Zähn zambeißn und hurtig voran.

(Pause)

(Schnauft) Ich hab es immer gesagt: »Otto, in ein Heim, wo ich den Burle nicht mitnehmen kann, geh ich nicht!«

(Pause)

Man muß sich nach der Decke strecken. Tiere sind prinzipiell verboten, sagt der Otto. Wo er die Bestimmungen studiert hat, wird er es wissen, und mir müssen es ihm glauben. Basta!

(Pause)

Es ist auch gar nicht gut für eine alte Frau, wenn sie sich den ganzen Tag mit ihrem Vogel unterhaltet. Das wollen die nicht im Altersheim. Das ist verständlich und gesund. *(Kleine Pause)* Du gehst zum Otto, eben!

(Pause)

Das ist ja keine Trennung auf Lebenszeit, eher Urlaub. Wirst es schon sehen, wie es dir gefallt. Und wenn ich komm, weil ich Zeit hab, weil der Otto mich einladet und die Lina, weil es paßt, dann besuch ich dich und frag, wie es dir geht.

(Pause)

(Leise) Nein, das fällt mir nicht schwer. Du bist ein junger Vogel, und ich bin bloß eine alte Frau. Ich hätt dich gar nicht kaufen sollen. Aber wer weiß? Vielleicht wärst du in eine Familie gekommen, die schlampig ist, weil sie den Käfig auflassen und das Fenster natürlich auch – dann wärst du eines schönen Tages davongeflogen, und eine Katz hätt dich getroffen und gefressen. Butz und Stingel! Dann wärst du jetzt tot und hättest das Nachschauen. *(Kleine Pause)* Das geht schnell, heißt es!

(Große Pause)

(Sie richtet den Kaffee fertig her, stellt alles auf den Tisch, setzt sich, schlürft, schaut.) Das Kanapee tät ich gern mitnehmen.

(Große Pause)
Das Kanapee ist nicht wichtig.
(Pause)
Ein Möbelstück.
(Pause)
Sei nicht kindisch, was willst du dich belasten, wo eh ein Bett drin is. Und Platz für ein eigenes Kanapee keiner besteht.
(Pause)
Ein Bett ist natürlich kein Kanapee.
(Pause)
(Pfiffig:) Aber wenn man untertags einen Schonbezug über das Bett legt, wenn das erlaubt ist, dann wäre es unkenntlich.
(Schüttelt den Kopf, schaut)
(Pause)
Aber du wirst mitgenommen! *(Meint den Stuhl, auf dem sie sitzt)* Das ist klar und mit dem Otto besprochen. Einen Sessel kann man auf den Rücksitz tun und mit dem Auto befördern.
(Pause)
(Sie lacht.) Sonst tät man ja einen Möbelwagen brauchen! Dann sagt die Heimleitung gleich: »Was kommt denn da für eine spinnerte alte Gans, die ihr altes Kanapee mitschleppt, für das niemand einen Platz hat!«
(Pause)
Erledigt.
(Pause)
Außerdem wär ein Umzug sauteuer. Das sparen mir!
(Pause)
Auch wenn man ausgezeichnet drauf liegt, da muß man der Wahrheit die Ehre lassen.
(Pause)
Wer sagt dir denn, daß ein Bett mit einem passenden Überzug nicht auch gemütlich ist? Viele Menschen haben überhaupts kein Bett, und du willst gleich ein Bett und ein Kanapee! Schmarrn! Deinen Mittagsschlaf kannst du auch auf dem Bett halten, wirst es schon sehen. Steht im Prospekt drin: »Nehmen Sie nur das Notwendigste mit, Sie werden sehen, wir haben bereits an alles gedacht!« Der Otto hat es extra vorgelesen. Daran soll man sich halten.

(Große Pause)
(Sie schaut unsicher herum.) Geschirr?
(Pause)
Geschirr brauch ich keines, weil gekocht wird ja vom Heim.
(Pause)
Ein Teller kann nix schaden.
(Pause)
Und das Kaffeetischerl? *(Sie fährt sich mit dem Handrücken über den Mund, denkt nach.)* Einfach ist das nicht.
(Pause)
Das Geschirr nimm ich schon mit. Geschirr kann man immer brauchen, ganz gleich, wo man ist. Das ist ein bleibender Wert, heißt es.
(Pause)
Du kannst doch nicht das ganze Geschirr mitnehmen, wo willst denn das hinstellen, wo du für alles nur einen eintürigen Schrank hast.
(Pause)
Da heißt es einteilen. *(Sie steht auf, geht zur Kredenz, öffnet die Schubladen.)* Krempel.
(Pause)
(Sie schaut weiter.) Leicht ist das nicht.
(Pause)
Laß deinen Kaffee nicht kalt werden. *(Sie setzt sich wieder, trinkt, schnauft.)* Von allem EINES muß man mitnehmen, das is doch einfach.
(Pause)
Für alle Fälle.
(Pause)
(Laut) Mit dem Burle ist alles vorbereitet, aber mit mir noch nicht. Wenn der Kaffee getrunken is zur Stärkung, fangen mir an, dann braucht sich der Otto morgen früh ned ärgern, weil ich noch dasteh wie das Kind vorm Dreck.
(Pause)
(Trinkt) Da hast du noch viel Arbeit, daß du dir ausredst, daß du meinst, das sei nur vorübergehend.
(Pause)
Das is kein Urlaub! Da muß an alles gedacht sein.
(Pause)

(Hochdeutsch) Alles was lieb und teuer ist und einen Erinnerungswert hat, wie man sagt, sonst ist es verloren!
(Pause)
Der Sessel kommt auf jeden Fall mit wegen der Bequemlichkeit, wo man ein Leben lang drauf gsessen is. Das is besprochen, da gibt es keine Würsteln. Das Kanapee ist vergessen.
(Pause)
Ob das noch jemand mögen tät? Ein junges Ehepaar vielleicht, das grad geheiratet hat und noch keinen Hausstand besitzt?
(Pause)
Na ja, die werden auch nicht scharf sein auf das alte Glump.
(Pause)
(Zieht Luft hörbar durch die Nase) In die Entrümpelung?
(Pause)
Man muß sich abfinden, das hast du ein Leben lang gelernt, und jetzt wird es angewendet. *(Nickt)* Der Otto kann die alten Sachen auch nicht brauchen, das ist klar. Die werden sich ein bißl was herauspicken, was ihnen in die Nasen sticht, wenn ich erst draußen bin, und der Rest – adieu.
(Pause)
Sei nicht sentimental, wegen dem alten Graffel.
(Große Pause)
Man muß es der Reihe nach durchgehen, was man braucht und was bloß Ballast ist, weil die Heimleitung schon an alles gedacht hat.
(Pause)
(Sie trinkt einen Schluck Kaffee, langsam.) Das sind nicht alles so gute Kinder, wie du eines hast, die sagen: »Ome, mir wollen, daß du es schön hast!«
(Pause)
»Das is nicht wie beim ›Verkauften Großvater‹, daß mir dich los sein wollen!« – Das is auch ned so!
(Pause)
(Lacht) Die ham ja nix von mir! Das is der Vorteil, wenn man nix hat, worauf sie spitzen.
(Pause)
Die Zinnteller!
(Pause)

Zinn is teuer und steigt im Wert!
(Pause)
Aber was nutzt dich das, wennst stirbst, in Sarg hinein kann man nix mitnehmen. Wie die Pharaonen mit ihre Pyramidn ...
(Pause)
(Sie denkt nach, schnauft hörbar.) Eine Weltreise, das tät ich noch wollen. Das fehlt dir! Griechenland, Afrika, Eriesee ... *(lacht laut über sich selber).* Auf was für Gedanken du kommst. *(Nickt)* Da wird es schon gut sein, daß du kein Einzelzimmer kriegst, sondern mit jemand zusammen. Da wird sich das bald aufhören, die Selbstgespräche den ganzen Tag über!
(Pause)
Wenn ich wissen tät, mit wem ich zamkomm, das wär besser.
(Pause)
Na ja, eine Überraschung ist auch nicht das Schlechteste.
(Pause)
Das wird nicht leicht sein am Anfang, die Umstellung, wenn man ein eigenes Schlafzimmer gewohnt war.
(Pause)
Hoffentlich schnarcht die andere nicht. Wo ich einen Schlaf so ruhig wie eine Maus hab.
(Pause)
Aber Einzelzimmer gibt es bloß, wenn man im Sterben liegt oder eine sehr hohe Rente hat, weil die unerschwinglich sind für Normalsterbliche. Das ist üblich.
(Pause)
(Sie schaut umher, steht auf.) Die Zinnteller nimmst du trotzdem mit, dann hast eine Freud, wenn du herumsitzt und die Zeit nicht vergeht. Zinn braucht seine Pflege. *(Sie geht zur Kredenz, auf der auf Ständern die Zinnteller stehen, sie ist unschlüssig.)* Ein Umzug ist kein Kinderspiel! *(Sie überlegt, dann geht sie an die Arbeit, holt aus der Kredenz ein Besteck, je einen flachen und einen tiefen Teller, eine Tasse, eine Untertasse etc., von allem ein Stück.)* Ausgesprochene Kochhilfsmittel brauchst du aber nicht mitnehmen. Die sind nimmer notwendig in diesem Leben. *(Diese Einsicht fällt ihr schwer.)* Ballast.
(Pause)

Was die für eine Küche haben werden im Heim? Heimkost soll eintönig sein.

(Pause)

Wo ich eine anerkannt gute Köchin war! Man wird sich überraschen lassn müssn.

(Pause)

Wer wagt, gewinnt. *(Sie nimmt nun die Zinnteller herunter, stellt sie zu dem Geschirr auf den Tisch, wie sie auch alles Nachfolgende auf dem Tisch bzw. am Tisch deponiert.)* So.

(Pause)

(Sie schaut umher, nickt.) Beim Wichtign mußt du anfangen, sonst kommst gleich in den Wald hinein.

(Pause)

Eine Uhr braucht der Mensch. Damit man sich auskennt. *(Sie geht zur Wanduhr.)* Schön ist sie auch und geht sehr genau, was selten ist, und hat ein großes Zifferblatt, was ich ohne Brilln sehen kann.

(Pause)

Eine Uhr soll man nicht mutwillig herumzerren, das mag sie nicht, wegen dem Gleichgewicht.

(Pause)

Was sein muß, muß sein. *(Sie baut nun die Uhr ab, Gewichte, Pendel etc.)* Eine schöne Uhr. Dafür wird sich ein Platz finden müssen im Zimmer. Darauf besteh ich. *(Legt alles auf den Tisch.)* Die goldene Armbanduhr sowieso und den Wecker auch für die Nacht. *(Schaut die Uhr an.)* An das Schlagen muß man sich allerdings gewöhnen. Das ist nicht jedermanns Sache.

(Pause)

Aber eine Uhr mit Schlagwerk, wo nicht schlagen darf, das ist schlecht.

(Pause)

Wo sie schön schlagt und verträumt. Na ja, man wird sehen. Vielleicht hat meine Zimmergenossin ein Verständnis, weil sie ja auch eine alte Frau sein wird mit ein paar Erinnerungen und sonst nix. *(Sie geht ins andere Zimmer, holt vom Nachtkästchen Uhr und Wecker.)* Drei Uhren sind viel. *(Lächelt, legt sie zusammen hin.)* Jetzt geht es folgerichtig weiter: das Schmuckkastl mit dem Schmuck. *(Lacht)* Den kriegen die

Kinder erst, wenn ich tot bin, das muß früh genug sein. Und wenn ich noch sehr lang leb, so nach und nach. *(Lacht)* Das ist ein Druckmittel, so ein bißl Schmuck!

(Pause)

Jetzt red nicht soviel, und tu lieber was. *(Geht ins andere Zimmer, öffnet den Schrank)* Um Gottes willen!

(Pause)

(Sie steht unschlüssig vor dem sehr, sehr vollen Schrank.) Da heißts Abschied nehmen! *(Nickt)* Wo alte Kleider jetzt wieder modern sind. *(Sie schnauft, schließlich nimmt sie nach langem Zögern drei Kleider heraus.)* Das muß langen. Wo der Schrank im Heim nicht halb so groß is und für die ganzen Sachen wird reichen müssen. *(Sie nimmt aus dem oberen Fach, weit hinten, das Schmuckkästchen heraus, trägt es in die Küche, stellt es auf den Tisch, geht zurück, holt die drei herausgesuchten Kleider, bleibt beim Wäscheschrank stehen, öffnet ihn.)*

(Pause)

Unterwäsch ist wichtig! *(Nimmt mehrere Sachen heraus)* Zum Wechseln.

(Pause)

Bettzeug wird vom Heim gestellt. Das ist mir gar nicht recht. *(Starrt auf einen großen Haufen Bettwäsche)* Das hilft aber nichts, und die Kinder können es gut brauchen. Bettzeug ist teuer!

(Pause)

Verzichten heißt die Parole, sonst kannst dich gleich aufhängen. *(Ganz kleine Pause)* Schmarrn. *(Sie nimmt nun Strümpfe, Handtasche und Handschuhe, einen Schirm, Handtücher, Stoffservietten, einen Schal, einen alten Muff, drei Kopftücher, einen Schlafrock und zwei Tischtücher aus den Schränken, das dauert lang.)* Was sein muß, muß sein! Du gehst ja nicht ins Gefängnis. *(Nickt)* Eben. *(Sie betrachtet Hüte, nimmt auch drei heraus, kommt zu den Schuhen.)* Schuhe laßt man nicht hinten! *(Nimmt alle Schuhe, packt nun den ziemlich großen Haufen und schleppt ihn in die Küche, legt ihn auf das Kanapee, richtet die Sachen von dort fein säuberlich und passend auf dem Tisch zusammen)* Die Marder! *(Rennt zurück ins andere Zimmer und holt Marder-Umhänger aus dem Schrank)* Wann hast jetzt die vom Papa geschenkt bekommen? *(Denkt kurz nach)* Unsinn, konzentrier dich lieber auf das Wesentliche, wo eh schon ein solches Durcheinander herrscht. Mit kommens, das ist klar. Wo es extra keine Iltis sind, sondern echte Marder und sauteuer! *(Schaut sich um)* Aus.

(Pause)

Soll die Lina noch stöbern, ob sie etwas findet, was ihr gefällt. *(Sehr vorsichtig und langsam schließt sie wieder die Schränke.)* Weiter gehts! *(Sie geht zu einem Kästchen und entnimmt ihm ein Fotoalbum.)*

(Pause)

(Sie blättert darin.) Vor dem Album hab ich Angst. So was Blödes.

(Pause)

Blödes altes Weib. Das beißt doch nicht.

(Pause)

(Sie denkt nach.) Oder ich geb es dem Otto zu treuen Händen und sag: Wenn ich es anschaun will, komm ich. Da sagt er nicht nein, wenn ich nicht zu oft komm.

(Pause)

(Sie überlegt, leise.) Das Album in einer andern Umgebung, in einer andern Schublad als dem Nachtkastl *(schnauft)*, das is schlecht. Wo ein ganzes Leben drin is mit seiner Vergangenheit, die nicht zurückkommt!

(Pause)

Das geb ich dem Otto, wo seine Eltern drin sind und seine Jugend, kann er es aufheben. Ein paar Bilder tu ich heraus, damit man was zum Herzeigen hat, wenn man gefragt wird. *(Sie blättert und nimmt vorsichtig einige Bilder heraus.)* Frühling, Sommer, Herbst und Winter, sagt man. Na ja.

(Pause)

(Sie geht umher und nimmt von den Wänden einige eingerahmte Fotografien, Hochzeitsbilder etc.) Dann hast ein paar besondere Erinnerungen und brauchst nicht jammern.

(Pause)

Ob ich noch lang leb – in dem Heim? Wer rastet, der rostet, sagt man. Da muß man aufpassen, wenn einem alles abgenommen wird im Heim, daß noch was übrig bleibt, woran man sich halten kann. Wo man es gewohnt is, das Arbeiten.

(Lächelt) Dieses Putzen hab ich gehaßt! Obwohl es notwendig war und nicht umgangen wär ohne meine Mithilfe, das hat er immer bestätigt, der Hermann.
(Pause)
Vorbei. Vielleicht gibts im Heim eine Tätigkeit für mich?
(Pause)
Leg dir halt ein Hobby zu, wost nie eines gehabt hast, wird es Zeit. Teppichknüpfen soll sehr beruhigend sein, heißt es. Und ein selbstgemachter Teppich, wenn er fertig ist, ist was wert, das ist bekannt. Man wird sehen. Wennst herumsitzt und die Zeit nicht vergeht, fällt dir schon was ein. *(Nickt)*
(Große Pause)
(Sie schaut vor sich hin.) Das Zimmer wird man wahrscheinlich nicht selber putzen dürfn, weil alle Insassen sind dazu nimmer in der Lage, oder nicht so sauber wie du. Da tät es bald ganz anders ausschaun in dem Heim.
(Pause)
Wenn man nur noch von alte Leut umgeben is, das färbt ab. Da mußt aufpassen, daß du nicht nachlaßt und auch so eine alte Drecksau wirst, wie man das kennt.
(Pause)
Mach dir täglich einen Plan, und der wird eingehalten. Wie daheim auch.
(Pause)
Zukunftsmusik, erst muß alles mit dem Einzug stimmen, und dann das Gewöhnen, und dann kann man sich immer noch beim Personal einschmeicheln, daß sie einem dies oder jenes zu tun geben, vielleicht in der Küche oder in der Wäscherei! Wos eh keine Hilfskräfte gibt, sinds vielleicht froh, wenns jemand wie mich ham, der noch seinen Mann steht.
(Pause)
Wo der eigene Haushalt fehlt und die Hilfe bei der Lina auch!
(Pause)
Wer wagt, gewinnt!
(Pause)
Du bist eben noch gsund und unternehmungslustig, das is der Nachteil in diesem Fall. *(Lacht)* Wie hat jetzt der Zahnarzt gheißn, der immer gsagt hat: »Da sitzens, die alten Weiber, in die Kaffeehäuser und wackeln mit die Federn und die falschen

Gebiß und fressen noch ein Stück Kuchen und noch eine Portion Schlagsahne und noch eine Tasse Kaffee und verputzen die Rente von die Männer, die wo schon längst unter der Erden liegen. Die gehören alle notgeschlachtet!« *(Lacht)*
(Pause)
Dr. Kaleschkofsky hat er gheißn! *(Nickt)* Ein schwieriger Name! *(Kleine Pause)* Der is auch schon gstorben.
(Pause)
Tu dich ein bißl aufheitern, richtig. *(Schaut)* Das Radio müßt auch mitgenommen werden, wegen der Musik. *(Es handelt sich um einen sehr großen alten Empfänger.)* Wenns ein kleiner sein tät, dann ging es.
(Pause)
So nicht. – Manchmal auf die Nacht eine schöne Operettn hörn. »Land des Lächelns« von Franz Lehar. *(Lächelt, schaut)*
(Pause)
Dafür gibts ein Fernsehzimmer. *(Listig)* Gut, daß du dir nie einen eigenen gekauft hast, wo eh der Otto einen hat. Jetzt müßt man ihn zurücklassen. Fernsehen im Zimmer ist nicht erlaubt.
(Pause)
Hoffentlich schauns nicht immer das blödeste Programm an, die alten Weiber.
(Pause)
Man wird sich einigen. Jedenfalls brauchst du den Otto nimmer belästigen und die Lina. Und der Heimweg in der Dunkelheit nach dem Fernsehen, der is auch gespart. Obwohl es nicht weit war.
(Leise, sie lächelt.) Du hättest dir ja schon lang einen kaufen können, wennst ehrlich bist und richtig gespart hättst. Aber, hast du dir denkt, wenn ich erst einen eigenen Fernseher hab, dann komm ich überhaupt nicht mehr zum Otto und die Kinder. Also schaff ich mir keinen an, sondern geh zu ihnen.
(Pause)
(Lächelt) Das war schlau.
(Pause)
Altersheime müssen draußen sein, wo die gute Luft ist. Die können ned um die Ecke sein. Da müßt man ja für jedes Viertel ein eigenes Altersheim haben, daß die alten Leut aufd

Nacht noch weggehen könnten zu ihre Kinder, damits denen auf die Nerven fallen. *(Sie lacht über sich selber.)*

(Pause)

Das geht nicht. Und ein weiter Heimweg, das ist gefährlich, sogar wenn es günstig liegen tät. Wo man andauernd überfallen werden kann und sich im Winter, wenn es glatt ist, einen Haxen bricht. Eben.

(Pause)

Eine andere Umgebung macht einen andern Menschen, heißt es.

(Pause)

Vielleicht ist es auch ganz gesellig, wenn es mehrere alte Leut sind, die vor dem Fernseher sitzen, und sie haben deswegen recht vom Heim aus, wenn sie schreiben, daß Fernsehen auf dem eigenen Zimmer verboten ist. Wo du eh keinen eigenen hast, kann es dir bloß recht sein.

(Pause)

Da werden jetzt viele jammern, die wo ein ham.

(Pause)

Machen mir weiter, daß man einen Überblick gewinnt und nix vergißt. Schaut eh schon aus wie ein Kaufladen, die Wohnung. *(Sie nimmt aus der Schublade des Tischs Augengläser, ihren Paß und Schreibzeug.)* Die Farbstifte und die großen Papierbogen nimmst auch mit, dann kannst was zeichnen, wenn dir fad ist.

(Pause)

Zeichnen hin oder her, Filzstifte sind modern und man kann sie immer brauchen.

(Pause)

Viel wichtiger ist, daß du das Nähkastl nicht vergißt und die Wolle, die noch da ist. Daß du nämlich wieder eine Handarbeit anfangst, das kann leicht sein. Zeichnen seltener. *(Holt die Sachen, legt sie auf den Tisch, stößt auf das Bügeleisen)* Eigentlich tät ich es nimmer brauchen, weil Wäsch wird einem vom Heim erledigt, aber du gehst trotzdem mit, wost so viele Jahre treue Dienste erwiesen hast, hast es verdient, und nie hast mir eins hinaufgehaut *(hochdeutsch: elektrisiert)*, wo das bei Bügeleisen üblich sein soll. *(Trägt es auf den Tisch)* Kalt wird es auch einmal sein, wenns das Heizen vergessen oder

recht sparen, die Baraber. *(Nimmt eine schöne Wolldecke)* Und das Licht wird auch ausgehen, weil es einen Kurzschluß gibt! *(Holt aus dem Kästchen eine Taschenlampe)* Wer an alle Eventualitäten denkt, ist immer obenauf, komme, was da wolle!
(Pause)
(Sie starrt den Haufen auf dem Tisch an, überlegt, schaut sich um.) Wandschmuck macht gemütlich! *(Sie nimmt einen Spiegel und einen Wandkalender ab.)* Genau. *(Sie nimmt das Kruzifix von der Wand, legt es auf den Tisch.)* Der Eibsee geht auch mit und die winterliche Landschaft.
(Pause)
Und der moderne Druck auch. Das is ein Kontrast, davon lebt es!
Die Kanapeekissen kommen alle mit. Die kommen untertags auf den Schonbezug drauf, dann schaut das Bett noch unkenntlicher aus. *(Sie sieht ein schon recht altes Kissen, das kaputt ist.)* Du nicht, du bleibst da, du hast deine guten Tage schon gehabt. Sonst sagt das Pflegepersonal gleich: »Die ist wohl auf der Brennsuppe dahergeschwommen, wenn sie so ein altes Zeug mitschleppt.« *(Geht zu einem sehr kleinen Bücherregal)* Bücher sind schwer. Der Otto kann welche haben, wenn er will. Aber Felix Dahn »Ein Kampf um Rom« mit die Zeichnungen wird mitgenommen, wos dem Papa seine Lieblingslektüre war und ein großes Schriftbild hat, das man gut lesen kann. *(Schaut, nickt)* Ein paar andere Bücher auch noch, sonst meint man, ich hätt bloß die drei. *(Legt die Bücher zu dem Haufen, schaut.)* Wennst du so weitermachst, dann wird das ja ein fürstlicher Umzug! *(Geht ins andere Zimmer, starrt auf den Boden, verzieht den Mund)* Jetzt tut es dir leid, gell, daß du den Teppich der Lina versprochen hast. *(Kleine Pause)* Versprochen ist versprochen. Es ist eh ein Teppich im Heim. In jedem Zimmer ist einer, durchgehend. Da braucht man nicht noch einen drauflegen.
(Pause)
Den Fleckerlteppich, den kannst mitnehmen. Quer drüber! Ein Farbfleck im Zimmer schadet nix. *(Sie rollt den kleinen Fleckerlteppich zusammen, trägt ihn in die Küche.)* Den kann man immer noch wegschmeißen, wenn es sein muß, der is

ned schwer und braucht ned viel Platz, dafür, daß es ein Teppich is!
(Pause)
Das Mobile wird auch mitgenommen, das ist schön. »Wie die Fischlein im Wasser ...« Ob man natürlich einen Platz zum Aufhängen hat, das ist eine andere Frage. Das Zimmer soll klein sein. Da wird man eine genaue Abgrenzung machen müssen, wessen Revier bis wohin geht, damit es keinen Streit gibt. »Klare Rechnung, gute Freunde!« *(Nickt)*
(Pause)
Wenn kein Platz zum Aufhängen ist, kommts in eine Schachtel und wird aufgehoben. *(Rasch)* Vasen nicht vergessen! *(Schaut)* Schön sinds alle nicht, da langt eine. Obwohl, wenn plötzlich der Siebzigste ist *(lächelt)*, da wird man mir im Heim ein paar Vasen leihen müssen, da läßt er sich nicht anschauen, der Otto, und die Lina.
(Pause)
Da ist viel wichtiger, daß du den Kognak nicht vergißt, wo er sauteuer is und noch halbvoll. Wenns dich hinbringen morgen früh und alles ausgepackt ist, weil das schnell geht, und wenns dann wieder gehen, weils ja auch ihre Arbeit ham, die Kinder, dann kommt der Augenblick, wo du dir sagst: Gut, daß ich noch zu denen gehör, die hin und wieder einen Schnaps vertragen. Und trinkst einen und es ist gleich leichter.
(Pause)
Ob das erlaubt ist, ein Kognak? Na ja, des braucht ja nicht ein jeder wissen, wenns nicht gern gesehen wird. Alles laß ich mir nicht nehmen, bloß weil ich ins Altersheim geh, was eine Freud macht im Leben.
(Pause)
Den Schnaps schon, gell, aber die Medizin vergessen, wos unverschämt teuer sind und die Kasse die Hälfte nicht zahlt, das Gesindel! *(Sie holt den Schnaps und einige Medizinen, stellt sie auf den Tisch.)* Und die große Parfumflaschen gehört auch dazu. *(Holt sie)* Jetzt fallt ihnen nix mehr Gescheites ein für den Muttertag. *(Stellt sie dazu, erschreckt)* Die Muttertagsgedichte, die dürfen nicht vergessen sein, die der Otto geschrieben hat, wie er klein war.
Erinnerungen sind wichtig, wenn man fort muß und nix mit-

nehmen kann. *(Kramt in der Nachtkästchenschublade, bringt – typisch verzierte, selbstgefertigte – Muttertagsgedichte zum Vorschein)* Und wo is das Lockerl hinkommen, das du ihm abgeschnitten hast als Baby, für später? Goldblond ist der Bub gewesen und jetzt fast dunkel! *(Lächelt)*
(Pause)
Obwohl der Hermann auch heller war, wie ich ihn kennengelernt hab. *(Sucht weiter, findet in Stanniolpapier eingewickelt in einem kleinen Schächtelchen ein hellblondes Löckchen)* *(Schaut es an, lächelt)* Fünfunddreißig Jahre aufgehoben, das soll erst einmal jemand nachmachen und in stürmischen Zeiten, wie man so sagt! Wenn er gscheit is, der Otto, dann hat er jetzt auch schon Lockerl in der Schublad liegen, von der Monika und dem Stefan! *(Lächelt)* Die Zeit vergeht, ob man es glaubt oder nicht. *(Sie nimmt das Löckchen und trägt es, nachdem sie es feinsäuberlich wieder eingepackt hat, in die Küche.)*
(Pause)
Vom Hermann muß auch etwas mitgenommen werden, das is klar. *(Sie geht zur Schublade und entnimmt ihr einige billige Pfeifen.)* Das bist ihm schuldig, wo es sein ganzer Stolz war!
(Pause)
Von mir aus hätt er ned sterben müssen, wies ihn erwischt hat. Den Hermandi. Da kann man ihm nicht zustimmen, dem Dr. Kaleschkofsky mit seinem Schmarrn. Da täten jetzt zwei ins Altersheim marschieren, wenn er noch da sein tät. Der Hermandi. Und ich hätt niemanden Fremdes drin im Zimmer, sondern wär mit ihm zusammen. Ehepaare ham es besser! *(Kleine Pause)* Wenns nicht streiten. *(Kleine Pause)* Mir ham nicht viel gestritten. Warum auch? *(Lächelt)* Obwohl er dir überhaupts nicht gefallen hat, am Anfang! *(Lacht stärker)* Ein kleiner, dicker Mann ist natürlich auch kein Schönheitsideal für ein junges Madl. Träume sind Schäume. Dabei ein so ein fleißiger und braver Mann! Respekt.
(Pause)
Wenn ich von ihm nicht ein Foto anschau, is sein Gesicht vergessen in mir. Das is undankbar. *(Nickt)*
Vom Hermandi muß mehr mitgenommen sein, daß er in Erinnerung bleibt in der Fremde. Der lebt ja sozusagen in die Wänd von der Wohnung und im Heim nicht. Den großen

Aschenbecher nehm ich mit, wo er der seine war, und die Obstschale, die er mir zur silbernen Hochzeit geschenkt hat. Treue! Handgeschmiedetes Silber. Das war eine Überraschung. *(Kleine Pause)* Und die Lina muß sich noch gedulden, auch wenns drauf spitzt. *(Stellt die Schale vorsichtig auf den Tisch)*

(Pause)

Die Spielkarten tust auch gleich heraus, daß nicht vergessen werden. Patience legen soll sehr unterhaltsam sein!

(Pause)

An den Vogel denken, gell, aber die Pflanzen vergessen, so schaust du aus! *(Sie geht zum Pflanzeneck, schaut.)* Du bist zu groß. *(Meint den Gummibaum)* Der Otto kann dich auch nicht brauchen. *(Kleine Pause)* Einen Fexer könnt man abreißen und einsetzen. Aufzucht! Der Hermann hätt das bestimmt gmacht, weil er eine Hand ghabt hat mit die Pflanzen. Ich weniger. Laß sein! Das is eh schon ein ganzer Haufen! *(Sie stellt zwei kleine Blumentöpfe auf den Tisch.)*

(Schaut nun alles an) Da wird man dem Otto gut zureden müssen, daß er das alles befördert! *(Schaut)* Koffer! *(Geht ins Schlafzimmer, nimmt vom großen Schrank zwei alte Koffer herunter, trägt sie hinaus)* Da hat schon was drin Platz. Außerdem kann es doch sein, daß man noch einmal verreist, irgendwohin, vielleicht nach Tirol? Dann braucht man einen Koffer. Im Heim sollen sies in Keller stellen, daß kein Platz wegnehmen, wo eh keiner is. *(Kleine Pause)* Das Einpacken is ein Kapitel für sich, aber da helfen die Kinder schon. Morgen. *(Sie schaut, fröstelt ein wenig.)* Die Wärmedecke darf ja nicht vergessen werden. Tus gleich heraus, dann hast zwar heut nacht kalt, aber es ist gesichert, daß sie mitgeht. *(Geht ins Schlafzimmer, macht das Bett auf, kramt unter dem Leintuch eine elektrische Wärmedecke heraus und trägt sie hinaus)*

(Sie fährt sich mit der Hand übers Gesicht, starrt den Haufen an, schnauft.) Jetzt sitzt dich ein bißl hin, jetzt hast genug getan, wie man sehen kann. *(Setzt sich zu dem Haufen auf den Diwan)*

(Pause)

Vielleicht hätt man noch ein bißl warten sollen, ein Jahr noch? Jetzt, wo der Winter vorbei ist und man sich nimmer

so schwertut, als alter Mensch allein, wo das Frühjahr schon vor der Tür steht und wartet?!
(Pause)
Schmarrn! Wo die Kündigung schon längst ausgesprochen ist und rechtskräftig, wie der Otto sagt, und es andere auch erwischt. Im ganzen Viertel. Da gibts keine Gnade, aus!
(Pause)
Was die alle machen? Na ja, die Familien, die es erwischt, die brauchen wieder eine Wohnung. Woanders. Aber ob alle alten Leut einen Heimplatz kriegen? Das glaub ich nicht. *(Kleine Pause)* Kannst froh sein, daß du einen hast, und wennst dich daran gewöhnt hast, kann sein, du verbringst einen Lebensabend, nach dem sich andere alle zehn Finger abschlecken täten.
(Pause)
Das is der Dank dafür, daß man vierzig Jahr die Miete pünktlich gezahlt hat und immer alles in Schuß gehalten hat, wie man sieht. Jetzt, wo sie alles renovieren und verschönern, schmeißens die alten Mieter hinaus und nehmen danach andere herein. Gerecht ist das nicht!
(Pause)
Man muß sich abfinden, als alter Mensch. *(Kleine Pause)* Du mußt nur die richtigen Sachen mitnehmen, daß du kein Heimweh kriegst, sondern dich ein bißl was umgibt, was dir bekannt ist. Dann gehts schon.
Schau dir an, was du alles zusammengeschleppt hast, is das nix? Machst dich klein, dann geht es schon. Und einmal in der Woch fahrst herein in die Stadt und besuchst die Kinder, ob sie wollen oder nicht, die müssen einfach. *(Lächelt)* Und die übrige Zeit verfolgst du das Leben aus der Ferne.
(Pause)
(Rasch) Und gejammert wird nicht! Ein Altersheim ist ja kein Gefängnis, sondern ein Glück.
(Pause)
Wo es so wenige gibt. Gell, Burle! *(Schaut zum Käfig)* Tu jetzt schlafen, morgen is ein aufregender Tag, wirst es sehen!
(Pause)
Freilich, heut tät man nimmer fort wollen. Das is klar. Wo es Abend ist, und wer mag da auf die Straß?

(Pause)

Aber morgen, wenn der Otto in der Früh kommt und dich holt, wer weiß, da scheint vielleicht die Sonne und alles schaut ganz anders aus ...

(Pause)

(Sie deckt den Vogelkäfig mit einem Tüchlein zu.)

Ende

KROETZ für alle ...
... fast alles von KROETZ

bei Rotbuch

Der Drang / Neue Stücke 1
Der Drang · Ich bin das Volk · Bauerntheater
Rotbuch TB 1032

Maria Magdalena / Stücke 1
Maria Magdalena · Der Soldat · Oberösterreich · Wunschkonzert
Rotbuch TB 1031

Heimarbeit / Stücke 2
Heimarbeit · Stallerhof · Geisterbahn · Kapellenspiel von der heiligen Jungfrau · Michis Blut
Rotbuch TB 1055

Furcht und Hoffnung in Deutschland / Stücke 3
Furcht und Hoffnung in Deutschland · Nicht Fisch nicht Fleisch · Der Spitzel
Rotbuch TB 1066

Wildwechsel / Stücke 4
Wildwechsel · Negerin · Männersache
Rotbuch TB 1080

Mensch Meier / Stücke 5
Mensch Meier · Herzliche Grüße aus Grado · Das Nest
Rotbuch TB 1081

Woyzeck
Die Kroetzsche Fassung
Rotbuch TB 1056

Heimat Welt
Gedichte eines Lebendigen
Gebunden mit Schutzumschlag, 125 Seiten

ROTBUCH VERLAG · HAMBURG